フィリス
ルシル

マカロン
エレーナ
イーダ
バーレイ

シートを敷き、
寝袋を用意し。
火の準備や食事の支度は、
見る見る内に整った。

Contents

〔一章〕遠く近く

高い空に千切れた雲が流れる。風が吹けば街の周りを囲む森の木々がザザアと音を立てて葉を揺らした。爽やかな風が乾いた空気を運んでくる。コートデューに涼しい季節が訪れていた。

カランとドアベルを鳴らし、私はとある建物を訪れた。『コートデュー商工会』。日頃お世話になっているコルテスさんの城である。ベルに気が付いた商工会の人が私を見て用件を問うまでもなく「コルテスさんを呼びますね」と笑いかけてくれた。

コルテスさんは爽やかな好青年で、商工会長の肩書を持つにしては相当若い。けれど街を盛り立てようという情熱は誰よりも強く、街の人たちから大層親しまれている。私も彼にはお世話になった。そんな彼は街の特産品の石鹸《せっけん》のことについて先生と話すためにしばしば我が家に顔を出すが、今日はこちらが赴いた。

「ルシルさん、こんにちは！」

コーヒーのカップを二つ持ったコルテスさんが現れた。今日もにこにこと朗らかである。挨拶を返すと、「どうなさったんですか」と言いながら私に椅子とコーヒーを勧めてくれた。私は早速「実はですね」と持参した籠を机の上に載せる。

「あれ、それは何ですか？」

「こちら、スイートポテトです。よろしければ皆さんでどうぞ」

「え！　いいんですか？」

「見てもいいです？」と目を輝かせる商工会長さんに、私は「どうぞどうぞ」と籠に掛けていたクロスを捲《まく》る。そこには黄金色に焼けたスイートポテトがぎっしり詰まっている。中身を目にした彼は「わああ！」と嬉《うれ》しそうな声を上げた。

「こんなにいただけるんですか？」

「作り過ぎまして。調子に乗って……」

「調子に……？」

遠い目をする私をコルテスさんが不審そうに見る。時は一週間前に遡る。


――世界の季節の巡りには旬の美味《おい》しい食べ物がつきものであり、それのために生きているといっても過言でないのがこの私。

『ついにこの日が来ました！』

所は我が家のサツマイモ畑。

居候していたイーダさんの魔法によって私が寝ている間に全て収穫が終わるというあの屈辱のサツマイモ事件から一年。今年こそは大収穫をこの手で、と夢見て大事に育てること半年。いよいよ張り切って大・サツマイモ掘り大会を開催する運びとなった。ちなみに参加者は私一人。

大事なのは規模ではなく気持ちだ。

葉の勢いは昨年以上。武者震いがする。四方へと勢力を拡大していた蔓《つる》をガッサガッサと抱え上げ、ニヤリと不敵に笑った。この蔓の先にお宝が埋まっているのだ。

ブチブチと蔓を地面から引《ひ》き剝《は》がし、粗方地面が見えるようにすると、いよいよ私は土に手を付けた。期待で胸が膨らむ。

『いざ――――！』

その二時間後。「はあ、はあ」と息荒く畑に立ち尽くす私を、遠くから先生が眺める。大・サツマイモ掘り大会は完全勝利にて幕を閉じた。地面には私に掘り起こされた芋たち。昨年を上回る取れ高に、興奮が覚めやらない。

くるりと先生を振り返ると、先生はひとつ頷《うなず》いた。最後に引き抜いた芋を片手に先生に駆け寄る。

『豊作です……！　何でも作れます。ご希望はありますか』

先生は僅かに目線を上げて思案し始めた。私にお任せの場合もよくあるのだが、今回はどうやら要望があるらしい。私は大人しくそのまま先生の言葉を待つ。

『……スイートポテト』

やがてぼそりと呟《つぶや》かれたソレに、私はピンとくるものがあった。

『ああ！　先生お好きですものね！』

思わず声高に言ってしまった。スイートポテトと言えば、以前作ったときに先生が珍しく「おかわり」を所望したお菓子界のエースである。それを一番に思い出せなかった自分が不甲斐《ふがい》ない。心の中で「もう！」と拳を振った。

『たくさん作ります！　シナモンたっぷり入……』

『入れますね』と言いたかったところだったが、張り切る私に対し、先生が何故《なぜ》か少々難しい表情を浮かべているのに気が付いた。言葉が途切れたのは無意識である。

途端に不安に駆られた私は先生のその顔の意味を必死に考えた。けれど一体今の会話のどこでお顔を難しくするところがあっただろうか。

『特別』

『はい』

いつも通り唐突に先生が口を開く。私は姿勢を正した。

『好みなのではない。君の作るアレが好ましいだけだ』

『そ――』

そうなんだ。特別好きなのではなかったのか。成程。へー。そうかそうか。

『………』

案の定私は押し黙り、先生がどうしたのかとまた見てくる。その視線に耐えつつ、心の中で「あもう」と叫んだ。

（素直なんだか、素直でないのだか）

スイートポテトが好き、でいいじゃないかと思う私と、敢《あ》えて細かな修正を入れてきた先生のちょっとした難しさが可愛いと思う私が全力でぶつかり合う。

『……ありがとうございます。承知しました』

私が作るのだけが好きだと言われてしまったら、頑張るしかない。そこまで去年のがお好きと言うのであれば。

私が小さく応えると、先生は柔らかい雰囲気を纏《まと》い、ひとつ頷いた。


そんな私が勢いに任せてスイートポテトを食べ切れない程大量生産したという長い話を、流石《さすが》にそっくりそのままコルテスさんに語って聞かせる訳にはいかない。

私はフッと穏やかに笑い「先日サツマイモがたくさん採れましたので」と纏めた。コルテスさんは「そうでしたか！　ありがとうございます！」とにっこり顔。籠を掲げて部屋に居る職員さんたちに「やったよー」と知らせれば、皆さんから口々にお礼を言われてしまった。恐れ入ります。

「そういえば、先生はいかがお過ごしですか」

コルテスさんはよく先生のことを気にする。私のことも気にしてくれるとてもいい人だ。私はコーヒーを一口飲み、「そうですねぇ」と考える。

近頃の先生といえば。

食事の際に定時よりも少し早く降りてきて支度を手伝ってくれるようになったり、一緒にリビングで過ごす時間が長くなったり、はたまた私の一人遊びに付き合ってくれることが多くなったり。昨年とは大分違った生活を送っている。

「……よく構っていただいてます」

あまり具体的にお知らせするのも憚《はばか》られたので、ざっくりと言ったつもりだったのだが、それでもコルテスさんには十分伝わったらしく、「あ。そ、そっちか」と照れられてしまった。

(そっち、とは)

その反応で、私は何かを誤ったらしいと察した。もしかしたら「元気かどうか」と訊《き》かれただけだったのかもしれない。自然に惚気《のろけ》た形になってしまい、穴に入りたくなる。

「ルシルさんのご実家に一緒に行かれた、とお聞きしたときは実は相当驚きました」

「ですよねえ！」

先程の羞恥を有耶無耶《うやむや》にするように、大げさに頷いた。しかし思えば先生はあのときを境に、色々としてくれるようになったような気がする。食事の支度の手伝いをしてくれるようになったのは解雇されてから直《す》ぐのことだったが、それ以外の先生の変化は、私たちが私の実家から帰ってきてから現れ始めた。明らかに一緒に居てくれる時間が増えている。

「先生が魔法を使うのと、どちらが珍しいでしょうね」

目元を優しく和らげて、コルテスさんがちょっと意地悪な風に微笑《ほほえ》む。私は「どうでしょうか」と彼から目を逸《そ》らした。

「……俺はルシルさんが先生のところに居てくださって、とても嬉しく思っています」

先のからかうような口調から一転、しみじみと言われ、何と答えたらよいのか分からない。

コルテスさんや街の人たちが先生を慕い、同時に距離を測りかねているのは知っている。そんな中、余所者《よそもの》の私が先生の隣に収まってしまったのだ。思うところがある人も居るのでは、と実は内心案じていた。

「ルシルさんと一緒に居る先生は少し雰囲気が違います。先生の優しい一面がよく見れるようになりました。あの方、お優しいのに、ご自身ではその自覚がないので」

「ああ。だから仏頂面なんですよね……」

「難しい方です」

コルテスさんにこんなにバレていますよ、と先生に教えてあげたい。私たちは眉を下げて笑い合った。

帰り際、コルテスさんが「またお話聞かせてくださいね」と手を振る。私は先の失態を思い返し、誤魔化《ごまか》すように首を傾《かし》げ、商工会を後にした。

普段と変わらないコートデューの街を眺めながら歩く。静かに佇《たたず》む家々。のんびりした様子で歩く人々。喧騒《けんそう》の気配もなく、事件の影もなく。耳に届くのは風の音や生活の音。本日も至って平和な街の中を私もゆったりとした足取りで歩く。

商工会から二本、脇道の前を通過したとき。そういえば卵の在庫があと二つだったというとても重要なことを思い出した。是非に卵屋さんに寄らなくてはと大通りの角を曲がる。すると。

「すみませーん、通りまーす。ちょっと失礼しまーす」

「あーい、いいよいいよ。いやいかん、ストーップ！」

何やら賑《にぎ》やかな声が聞こえてきた。その辺に居た人々と同様、「何事だ」と私もキョトンとして声の方へ顔を向ける。見えたのは大きな荷物を積んだ荷車を押している屈強な男たち数名。

（お引っ越し？）

見慣れないその光景に、思い当たることはひとつ。お引っ越しだとしたら、私のようにトランクひとつで汽車に飛び乗ってやってきました、という形ではない。荷物の大きさと数からして、計画性のあるしっかりした移住だ。住む所ももう決まっているのだろう。

（良いと思います）

人が増えて活気が出るのは良いことだと、コートデューに来た初日、宿屋のテオさんが言っていた。いつの間にか私もそう思うようになっている。自分がこの街の一員になっていると実感し、角を曲がっていく荷車を見届けた。

どんな人が来たのだろう。想像を膨らませながら卵屋さんへと向かった。


「ただいま戻りました」

家に帰ると、一階には誰も居なかった。先生は二階の研究室か書斎に籠もったままだろう。

キッチンに行くと、出かける前に一緒に食べたスイートポテトの在庫が減っていることに気が付く。

(ははーん。おかわりされましたね)

正直、前回投入したシナモンの量の記憶がなく、前と同じ味になるかどうか自信がなかった。たくさん入れたことだけは覚えていたので、今回もとにかく盛大に入れた。結果、どうやらご満足いただける出来だったらしい。

よかったよかったと、一人でにやにやしていると、ぺたぺたと階段を下る音が聞こえてきた。先生だ。手に小皿を持っている。

おかわりと察して「いくつ召し上がりますか」と尋ねると、先生は首を横に振った。

「君が帰ったので、ついでに持ってきただけだ」

ついで、とは私の帰宅確認のついで、だろう。

「そうでしたか」

わざわざ降りてきてくれたのかと思うと、胸の中がくすぐったくなる。

「コルテスは」

今度こそ「元気かどうか訊かれている」と察し、「お元気そうでした」と答えた。先生は何でもない風に頷く。元気であればよい、ということだ。

「お店がひとつ増えていました。食料品と、雑貨を売っているみたいです」

「……」

続けて本日見知ったことを報告したが、先生からの反応は特にない。ひょっとしたら街の仲間の猫や鳥から既に聞いていたのかもしれない。彼らの情報網が侮れないことはよくよく知っている。うっかり私の惚気が巡り巡って先生のお耳に入った体験を経て、私は外で話すことに気を付けなくてはならなくなった。知らなければ気にすることもなかったのに。

「お聞き及びかもしれませんが、どなたかお引っ越しされてきたかもしれません。荷物をたくさん運んでる方を見ました」

「知っている」

やはりか。もはやこの街で私が先生に一番乗りでお知らせできそうなことなど、『本日のメニュー』くらいしか残っていないのかもしれない。

「これは」

先生が私の買い物籠の中身に興味を示し、布の小袋を取り出した。

(あ、見つかった)

びっくり楽しませようと内緒にしておきたかったのだが、もう見られてしまったのなら仕方がない。

「柑橘系《かんきつけい》の果物の皮を乾燥させたものが詰まっているそうです。お風呂に浮かべるものだと聞きました」

「……」

先生が興味深そうに小袋を鼻に近付ける。

「さっきお話しした新しくできたお店を覗《のぞ》いてみたら、いただけました。今晩試してみますね」

先生は小袋を自身の鼻先から遠ざけると、今度は私の方へ差し出す。ふんわりと優しい、いい匂いがした。

「……美味しそうな匂いがします」

私の正直な感想に、先生が口元を和らげる。

「楽しみだな」

あなたが楽しいと感じることを提供できて嬉しい。自然と零《こぼ》れる笑顔をそのままに私は「はい」と返事をした。

(はー。熱い)

夜。ほんのり柑橘の匂いのするお湯にあまりに癒《いや》されたため、ついつい長湯をしてしまった私は若干湯あたり気味でお風呂を出た。石鹼に加え、お湯までいい匂いにしてしまった。

(とても良かった。香り袋、自分でも作れそうな気がするから、今度作ってみよう)

幸いこれからオレンジやレモンが食べ頃になる。皮を残して、たくさん作って保存しておいてもいいかもしれない。

「よいしょ」

リビングのソファに座り、「ふー」と息を吐いた。

(あれ)

そこでふと気が付く。パジャマのズボンが前後ろ反対であることに。道理で少し変な感じがすると思った。

「しまったしまった」

その場で直そうとしたのが私の浅はかなところである。脱いで前後を確認し、はこうとした瞬間。

タン、と階段を誰かが踏んだ。いや誰かなど考えなくても一人しかいない。

「……」

「…………」

グラス片手に階段上で立ち止まった先生。いざパジャマをはかんとす、という姿勢で固まった私。

頭の中は真っ白だった。素知らぬ顔でさっさとはけば良かった、と後の私は語る。しかし今の私は動揺して動けず。極めてよろしくない格好のまま硬直してしまった。

(あ、あわ、あわわわわ)

着替えを見られた、いや見られているという非常事態。私は——いや私たちは今、過去最大のピンチに——。

「失礼」

この間、時間にして二秒。先生は全く何ともない様子で下る方へと階段を進み、私の前をスルーしてキッチンへ行って水をグラスに注ぐと、スタスタと戻っていく。去り際に「冷えるぞ」と優しい言葉を残して。

「………」

一人その場に残された私はおもむろにパジャマをはいた。そして再びソファに腰かけ、頭を抱える。

(あああああああああ！！！)

やってしまった。こういう事件を起こさないように気を付けていたのに。何という間の悪さ。しかもどうして直ぐにはかなかったんだ。自分が分からない。せめてもっとちゃんと隠すとか。

(み、見えたよね……!?)

羞恥で身を捩《よじ》り、先生を思い出す。あの位置で、見えないはずがない。しかも眼鏡《めがね》をかけていた気がする。

「う、うう……！」

何と思われただろうか。だらしのない奴《やつ》と思われただろうか。それとも。

「……いや」

背中を丸めたまま顔を上げ、階段を睨《にら》む。何やら恐ろしいことに気が付いてしまったかもしれない。

「何とも思っていないのでは……？」

『失礼』と言ったが出直すでもなく普通に降りてきた先生。そしてとどめの『冷えるぞ』。

どう聞いても、どう見てもあれは平静の先生だった。恥ずかしがっているのは私だけということである。

ドサリ。ショックが嵩《かさ》み、ソファに倒れた。

喜んでほしかったとか、照れてほしかったとか、怒ってほしかったとか、そういうことではない。むしろ喜ばれたら先生の偽物かと疑う。これは不幸な事故である。先生の珍しい反応を期待して醜態を晒《さら》した訳ではない。そんな体の張り方はしない。

しかし。

（無反応ですか……）

想《おも》い合う仲で無反応はどうだ、と未《いま》だ私の中に住まう乙女がいかつくて険しい顔で問題提起をしてきた。

（少しくらいドキ！　とか）

先生に私が思う「普通」の反応や行動を当てはめるのは間違っているのかもしれない。しかしそれを考慮しても、些《いささ》か衝撃が大きかったのである。

ドキドキしてしまうのは私だけだろうか。先生だって全く照れない人ではない。けれど、私みたくドキドキバクバク心の臓を鳴らしているかといえばそうでもない。正確にはそうでもないように見える。

「好いてくださっているのは知っているのですよ」

誰に言うでもなく、ぽつりと言葉が口から零れた。先生が雇用関係を解消してまで一緒に居てくれることの意味を忘れるつもりはない。しかし、しかしである。恋をしているが故の物足りなさに苛《さいな》まれることもあるのだ。

大事にされているのに、どうしてもっと近付きたいと思ってしまうのだろう。強欲だと自戒しても、その気持ちは段々と大きくなってきた。先生が私との距離を詰めてくれていると感じるこの頃は特に。

ごろんと仰向《あおむ》けになり、天井を眺める。二階に籠もるあの方に近付くのは難しい。家政婦時代から、先生と近付きたければあちらが来ることを待たなくてはならないのはよくよく知っている。こちらが熱い想いを掲げ、全力疾走で先生に向かおうものなら、先生はそれよりも早く遠ざかるか、それはそれははっきり「来ないで」と拒否するだろう。

(想い合う仲だとお互いに思っていても……何でも許せる訳じゃないものね。私が今まで大事にしてきた先生との心地のよい空間にひびが入ることだけは避けたい)

それでも。ドキドキしているのは自分だけかも、と思うのはちょっと寂しいことなのだ。

(もう少しだけ、近くに寄ってもいいですか)

せめて、先生の心臓の音が聞こえるくらい。チクタクと鳴る秒針の音を、私の心音が追い抜いていく。

一夜明け。朝食の準備をしていると、七時十五分前に先生がやってきた。昨日の今日なので、少しだけ顔を見るのが恥ずかしい。「昨夜はお見苦しいものを」と言おうかと思ったが、先生の様子が全くいつもと変わりなかったのでやめた。わざわざ話題に出したところで、私が大やけどを負うだけである。

先生は私の隣に立つと、小鍋を取り出す。私は次の言葉を期待して待った。朝に先生が飲み物を出してくれるのが、日々の私の楽しみだ。大体選択肢が二つ与えられ、好きな方を選ばせてもらえる。昨日はコーヒーか紅茶だった。その前はココアかホットミルク。今日は何だろう。

「……ジンジャーコーヒー、シナモンアップルミルクティー」

(ひ、捻《ひね》ってきた……!?)

予想していなかった二択に面食らう。これまでオーソドックスかつ飽きのこないラインナップだったのだが、突然初めて聞く名前の飲み物が提示された。名前から味がイマイチ想像できない。甘いのか、甘くないのかすらも不明だ。色んな意味で迷う。

「ジンジャー？　シナモンアップル？」

「そう」

「どちらが甘いですか」

「両方」

口を開けて「ほー」と間抜けな反応をしてしまった。そうか、ジンジャーの方も甘いのか。こうなったらより未知な方を選ぶしかない。

「では、ジンジャー？　コーヒーを」

先生は「承った」と言い、戸棚から粉末にしたジンジャーの瓶と、カルダモンの瓶を取り出した。どうやらジンジャーコーヒーにはジンジャーの他にカルダモンも付いてくるらしい。いよいよどんな味なのか分からない。

「手が空いているのであれば」

隣で作る過程を興味津々で見ていた私の方へ、先生がカルダモンとグラインダーをそっと押して寄越《よこ》す。私は「はい！」と元気に返事をした。私がゴリゴリとカルダモンを砕いている横で、先生は生クリームを用意した。

「固くする必要はない」

「はい」

おっしゃる通り、生クリームがふんわり柔らかく立てられる。先生は私から細かくなったカルダモンを回収すると、コーヒーの粉と共にジンジャー、カルダモンの粉末にお湯をかけた。スパイスたちは後入れかと思っていた私は「一緒に入れてしまうのか」と目を剝《む》く。

ドリップしたコーヒーにふわりと先のクリームを載せ、軽くシナモンの粉を振れば完成。既に複雑な香りがしている。自分では思い付かない取り合わせにパチパチと拍手を送った。

「こういうものもあった、と思い出した」

先生はそう言いながら私にクリームを掬《すく》ったスプーンを差し出した。少し余ったらしい。私は先生の目を見た。口には出さないけれど「お食べ」と言っている。

「……」

パカと口を開けると、スプーンが差し入れられた。何だか自分が鳥の子になったような気分である。

口の中にほんのりとした甘さが広がった。「美味しいです」という意図を込めて頷くと、先生も頷きを返す。

(ぐうう)

心の中で眉間を押さえた。先生が何の気もなしにやっていると分かっているので、この嬉しいやら恥ずかしいやら照れ臭いやらという微妙な気持ちの遣《や》り場《ば》がない。

(もう……!)

少しくらいお返しをしてもいいだろう。大丈夫、ちょっとくっつくくらいなら先生の許容範囲を脱しないことは把握している。

私は「えい」と先生の腕に額を寄せ、そっと手を添わせた。すり、とおでこを擦《こす》りつけてみる。「どうだ!」と勝ち誇るにしては自分の心臓の音が煩《うるさ》いのだが、そのままキュッと先生の袖を握る手に力を入れる。布越しに指先が先生の腕を撫《な》でてしまい、内心「あわわ」と慌てたのは秘密だ。

「……」

無意識に目を閉じた私の前髪を骨ばった指が除《よ》ける。そして少々無遠慮に掌《てのひら》が額を覆った。これは。

「熱は」

「ございません」

何ということだ。完成度はさておき、こちらとしてはしなだれかかったつもりが、体調不良で倒れかかったと思われた。先生の掌体温測定は正確だ。熱はないが、照れによる多少の体温上昇は否めない。先生が「平熱以上」と判定する前に私はサッと身を離した。

このしょっぱい気持ちをどうしよう。

せめて少しでもドキッとしてはもらえないだろうか。甘かった口の中は、いつの間にか元に戻っていた。

そんなことがあってから数日。

シトシトと庭が濡《ぬ》れる。本日、森は朝から長い雨に晒されている。足元より冷たさが忍び寄るよう。庭には出られないし、窓も開けられない。

(先生はずっと二階)

先日の悔しさが尾を引く。あれからリベンジのチャンスを狙い続けている私だが、二階に籠もられては仕方がない。かといって先生が一階に居たら何かアクションを起こせるのか、と訊かれたら必ずしもそうとは言い切れないのが歯がゆいところ。タイミングと、先生のセーフ／アウトの判定を見極めるのは難しいのだ。

雨の様子を見に寄った、庭に面したガラス戸に自分の姿が映る。先生をドキリとさせたいという野望を掲げたはよいものの、圧倒的に私よりも先生の方が趣深いというか、味わい深いというか。

(私でなくても参ってしまうよ……！)

昨日だって、お風呂上がりの先生にあっさりときめいてしまった。顔にかかる髪を疎ましそうに払う手、飲み物の進捗を窺《うかが》う流し目。それらによって抱き着きたい衝動に駆られたのだが。ソファで待つかと思いきやキッチンに向かってきて発した「どうした」に目と耳を奪われて固まってしまった。

(私が意識し過ぎている説もある)

変な野望を掲げたことにより、普段よりも神経を使って先生を見ているせいで、余計に意識してしまう。普段の当たり前のやり取りすらドキドキしてしまう自分が居た。どうしてこうなった。

「はあああ」

声と共にため息を放出する。どうしたものだろう。私はガラス戸に背を向け、雨の日の針仕事に取り掛かることにした。

雨の日にやるために繕い物を溜《た》めている。ボタンの取れかかったシャツ、裾の解《ほつ》れたスカート、穴の開いた靴下など、仕事はたくさんあった。雨の音で集中力が高まる。ひたすら無心に針を通す作業は、庭の草むしりに似ている。

「………」

やがて雨の音も耳に届かなくなり、黙々と自分の世界で手を動かすのみ。針を刺す、糸を抜く、また刺す、それしか考えられなくなっていることすら気が付かない。

そんな状態の私を現実に引き戻したのは、控えめなコンコンという音だった。私はハッとした。あまりに控えめな音だったので「何か鳴った？」と部屋の中をきょろきょろと見回した。そうしていると、再びコン、と固い音がした。ようやく私はノックだと気が付き、慌てて手にしていた針を針山に刺した。

「はあい！　ただいま！」

先生が私の部屋を訪ねてくるのは珍しい。何かあったかと足早にドアに向かった。

「どうかなさいましたか？」

「いや」

（いや？）

用事はないのだろうか。では何故こちらに。私は意図を問うように首を傾げてみた。先生は「どこに居るかと」と言ってくるりと背を向ける。脳にビシッと電撃が走った。

(さ――探しに来たのね!? いつも大抵キッチンかリビングに居るから!)

まさかいつもリビングに私が居なければ探しているのだろうか。晴れた日は大体庭に居るし、買い物に行くときは声掛けするかメモを残す。真偽は分からないけれど、少なくとも今日は明らかに居所を確かめに来たのである。心の中の動揺を押し隠し、何でもない風でペタペタと廊下を歩いてゆく先生の背中に話しかける。ちょっと寒いのにやはり裸足《はだし》。

「温かいものをお淹《い》れします」

「いい。邪魔をした」

つれなく断る先生が愛《いと》しい。思わずほくそ笑んでしまった。「私も一息入れたいので」と追いかけた。

作ったのは濃い目のレモネード。裸足の先生が少しでも温かくなるようにと、体を温めるスパイス入り。ピリッとした香りが立つ。

「どうぞ」

ソファで大人しく待つ先生の前にあるローテーブルにカップを置く。立ち去る気配がないので私も隣にお邪魔した。ホコホコと湯気を立てるレモネード。口を付けてみたけれど熱過ぎて飲めなかった。

「お熱いのでお気を付けください」

一旦カップを置き、先生に注意を促す。先生はコクリと頷き、ソファに沈んで静かに呼吸を繰り返す。ガラス戸から入る光は弱く、部屋の中は薄暗い。ソファの端が多少光を受けるくらいだ。二つのカップが白い靄《もや》を揺らしている。

(やっぱり少し寒いよね)

ガラス戸の近くは肌寒い。私はチラと先生を見た。先生は腕を組んで目を閉じていた。その姿を見ていたら、近寄りたくなった。言葉なく、雨の音だけが聞こえる空間に、布が擦れる音が混ざる。

そっと体を寄せると、温かさに触れた。

「…………」

互いに何も言わない。ただただ、「くっついているなあ」と思うばかり。頭の中に細い糸のような期待が過《よぎ》る。

――ギュッとしてくれないだろうか。

いや。心の中で頭を横に振る。先生から自発的にそのようなことをしてくると期待してはならないのはよく分かっている。何故なら、いつもこうして寄っていくのは私の方からだから。先生が先生の意志によって先生の方から私に手を伸ばすことはほぼない。労《いたわ》りを込めて頭や背中を撫でてくれることはあるものの。

(いいのですけど、それがいいのですけどね……)

私の希望を叶《かな》えてくれるという一貫した姿勢を貫く先生。何の文句があろうかと、冷静な私が自分を戒める。

「……ちょっと、寒いですね」

結局、言ってしまった。狡《ずる》い言い方をしてしまったなあ、とぼんやり心の中で呟く。先生は私をチラリと見た。目を合わせない私をどう思っただろう。先生は体をこちらに傾けた。触れる面積が増える。くっついていたい、という気持ちは伝わったようだ。

ドキドキと聞こえるのは、やはり私だけだった。

〔二章〕越してきた二人

「あ、ルシルさーん」

買い物を終え、街を歩いていると誰かが私を呼んだ。この声はコルテスさん。振り返ると私に手を振る姿が見える。

近くまで来た彼に「こんにちは」と挨拶をすると、コルテスさんも丁寧に「こんにちは」と返してくれる。

「この間いただいたスイートポテト、めちゃめちゃ美味《おい》しかったです！　皆で感動しました」

「そうですか！　良かった！」

わざわざそれを言うために追いかけてきてくれたのだろうか。何て良い青年だろうと年の近いコルテスさんを近所のおばあちゃんの気持ちで眺める。

「お礼をお渡ししたくて」

「え！　いえそんないいですよ。勝手にお持ちしただけですから」

「そうはいきません」

「これから差し上げづらくなってしまいます」

「俺もいただきづらくなってしまうので」

私と彼の主張がぶつかった。お互いに「悪い」と思っている故、退《ひ》きにくい。どちらかが折れるしかなかった。

「……では、お言葉に甘えて。ありがとうございます」

私が頭を下げると、コルテスさんは嬉《うれ》しそうに笑った。

「こちらこそ。俺の気持ちの問題なので」

言われて「そうか」と思う。きっと反対の立場なら同じことをするだろう。こういうところ、私とコルテスさんは少し似ていると思う。私は考え過ぎることはやめ、気楽に受け取ることにした。

「これからまだお買い物です？」

「いえ、もう終わりました」

「でしたら商工会にお越しいただけませんか」

「分かりました」と頷《うなず》き、コルテスさんと共に赤い屋根の建物を目指す。良い人付き合いをさせてもらっているなあと思うと、自然と笑みが浮かんだ。

商工会のドアを開けると、カウンター前に人が立っていた。後ろ姿に見覚えがある。少し丸くなった背中に、ふわふわとした白い髪。

「あれ、じいちゃんどうしたの」

コルテスさんのおじいさん、ジュノさんだ。ジュノさんは私たちを見て、「おや」と顔を綻ばせる。

「ルシルさんも一緒だったんだね。丁度良かった」

私とコルテスさんは顔を見合わせ、互いに「何だろう」と首を傾けた。

「近々お宅に伺おうと思っていたんだよ」

ジュノさんはコルテスさんと同じ雰囲気で朗らかに話し始めた。将来、コルテスさんもきっとこんな感じになるのだろうと思わせる程、彼らは似ている。

「そうですか、分かりました。先生にお伝えしておきます」

「うんうん、そうなんだけどね。ルシルさんに頼みたいことがあって」

「私に？」

コルテスさんも初耳らしく、「何かあったの？」とジュノさんに不思議そうな顔を向けた。揃《そろ》ってキョトンとする私たちに、ジュノさんは「ほっほ」と笑う。

「明日は家に居るかい？」

「はい」

「じゃあ明日お邪魔させてもらおうかな」

詳しく語らず、ジュノさんは私たちの前を通り過ぎ、商工会のドアを開けた。コルテスさんが「え!? じいちゃんもう少し教えてくれないの!?」と驚いている。しかしジュノさんは孫の追及を気に留めることなく、「リンゴ買いに行かなきゃ」と言って去っていった。ドアベルが私たちをからかうようにカラン、と少し大きめに鳴った。

「リンゴは……要りますものねえ……」

何と言ったら良いのか分からず、空っぽの同意を口にする。コルテスさんは呆《あき》れた様子で「自由なんだから」と肩を落とした。

「わざわざここまで来なくても家で俺に言えばいいのに……」

「コルテスさんが働いているところを見たかったのでは？」

「あんなに直《す》ぐ帰ったのに？」

やっぱり、買い物の途中で思い付いたのかもしれない。不満そうにしているコルテスさんが珍しく、私は笑ってしまった。

「でもお珍しいですね、普段は割と前触れなくお越しになるのに」

「用事の相手がルシルさんだからでしょう。俺に口を利け、ということだったんだと思います。結局自分で喋《しゃべ》っていましたが……」

「ふふふ」

「明日、俺も一緒に伺いますね。先約があるので、三時頃になると思います」

「分かりました。お待ちしています」

コルテスさんからスイートポテトのお返しのクッキーを貰《もら》うと、私は家に帰った。先生にあったことを話すと「分かった」と簡単な返事。ジュノさんの用件について特に思い当たるものはないとのこと。

（一体何かしら。先生ではなく、私にご用だなんて）

私自身も覚えはない。明日どんな話になるのかと、期待と緊張に包まれながらベッドに潜った。

庭の植物の剪定《せんてい》をして戻ったら、先生がリビングのソファに転がっていた。時計を見ればもうすぐ三時。ジュノさんとコルテスさんとの約束の時間。いつから降りてきていたのだろうか。

忍び足で歩き、様子を窺《うかが》う。起きているかと思えば微睡《まどろ》んでいるだけのときもあるし、寝ているかと思えばしっかり起きているときもある。

（うーん、どっちだろう）

二人が来るまではそうしていればいいけれど、何も掛けずにそこで横になるのは少し冷える時節だと、身を以《もっ》て知っている。ダイニングの椅子に掛けてあったブランケットを広げ、ソローッとソファに近付いた。

（起きちゃうかな）

気配を消して、慎重に様子を探る。心配で良かれと思ってこうして何かを掛けたことは今までにも数度ある。けれど他者の接近に敏感な先生は、体に布が触れるとたとえ寝ていたとしても目をパチッと開けてしまうのだ。

寝る前に掛けてくれれば何ら問題はないのに。今回も目を覚ますこと前提で「どうぞもう一回寝てください！」と心の中で勢いをつけ、えいやと先生にブランケットを掛けた。

「……」

「…………？」

おや、と首を捻《ひね》る。これまでなら先生はほぼ同時に瞼《まぶた》を開けていたのに、どうしてか目を瞑《つぶ》ったままである。屈《かが》んでみると、微《かす》かに上下するチェスト。これはもしや。

（寝、寝てる――――！）

どう見てもこれは寝ている。眠っている。私が近付いても、ブランケットを被せられても、先生は目を覚まさなかった。感動で震えが起こる。

（どうしよう、どうしよう、寝てらっしゃる！）

静かにハイテンションで先生の寝顔を凝視した。目を閉じると印象が変わる。何て無防備なんだろう。ツンとしたお鼻がかっこいい。眉間も寄っていない。

「…………」

まじまじと寝姿を観察し、ようやく気持ちを落ち着けた私は傍《そば》に膝をついた。先生に近付いてほしくて、あんなにやきもきして。なのにこうも気を許した姿を見せられては、何だかやるせなくなってしまう。

「罪な人……」

ため息に似た、囁《ささや》く声は誰にも届かない。

（いけない、いけない。そっとしておかないと）

音を立てないように立ち上がったとき。不意に家の外から人の声が聞こえてきた。せっかく先生が寝ていたのに。起きてしまうなと少々残念に思いながら先生を見ると。

「来たか」

もう起きていた。

「……君か」

先生はブランケットと私を順に見ながら言った。「はい」と答えると、先生はフッと笑みを浮かべる。

ギュッと心臓が摑《つか》まれたような気がした。

やってきたのは微笑《ほほえ》みを湛《たた》えたジュノさんと、どことなく不安そうなコルテスさん。どうして面持ちに差があるのだろうかと不思議に思いながら私は二人をリビングに通した。

「こちらお菓子です。どうぞ」

「やだ、昨日もいただきましたよ」

コルテスさんは「これは別件なので」と視線を逸《そ》らして薄く笑う。そんな態度を取られては「お願い」の中身を聞くのが不安になるではないか。私が不審がっているのに気が付いたコルテスさんは、困ったように笑った。

「じいちゃんの世話好きには俺も驚きます」

「……？」

それはどういう意味なのだろう。答えを知るべく、私は淹《い》れ立《た》てのお茶をダイニングに運んだ。

四人でテーブルに着くと、ジュノさんは早速話を始めた。

「最近、ご婦人とそのお孫さんが街に越してきまして」

(ああ)

私は先日街で見かけた引っ越し業者のことを思い出した。先生に報告したら既に知っていたアレだ。

(おばあちゃんとそのお孫さんなんだ)

耳を傾けながらほうほうと頷く。

「二人だけの暮らしのようです。ご婦人はあまり体が動かせないそうで、いつも窓辺で過ごされています。お孫さんの方は元気な青年なのですが、如何《いかん》せん親戚も知り合いもなく越してきたらしく、これは街として温かくお迎えしなくてはと思っております」

コルテスさんが先程「世話好き」と言ったが、私にしてみればコルテスさん自身も相当親切な人である。余所者《よそもの》の私のために、商工会の仕事の範疇《はんちゅう》外であるにもかかわらず「家政婦」の仕事はないかと街を回ってくれたのだ。

そのおじいさんが彼と同じように街に来た人を大事にしようとしている。胸にジンとくるものがあった。私ももう街の一員である。やれることがあるのなら、是非手伝いたい。

「私に何ができますか」

自分から尋ねると、ジュノさんはにっこりと優しい笑みを浮かべた。

「彼らが街の暮らしに慣れるまで、しばらく手伝いに行ってあげてくれませんか」

私は「お」と思った。つまりあれだ、手伝いということは。十六歳からのキャリアを見込まれてのオファー。確かに引っ越して直ぐであればやることは多いし、青年の手だけでは足りないこともあるだろう。

「あなたも頼りなくここに来てくれた人だし、街の人との懸け橋になるかと」

「成程」

私は先生を見た。私としては「喜んで」と言いたいところだが、家の暮らしもある。先生からも了承を得ないと、私も行きがたい。

「……頻度は」

先生が静かに訊《き》く。コルテスさんはやっと少し強張《こわば》っていた顔を緩めた。どうやら先生の反応を気にしていたみたいだ。

「毎日二時間程度来てもらえるとありがたいとのことでした。ちゃんとお給金も出すと」

「……」

先生は少しだけ考える素振りを見せた後、軽く私の方へ顔を向けた。

「君がいいなら」

(ですよね)

駄目とは言わないと思った。私の行動を制限する先生ではないし、頼みの内容からして断る理由もない。二時間ならば家事が滞ることもないだろうし、散歩を兼ねて買い物に行くのと同じくらいの時間だ。

「お受けいたします」

私の答えに、ジュノさんは「ありがとう」と嬉しそうに言った。


「では、お邪魔しました」

「お茶、ご馳走様《ちそうさま》でした」

話が終わると、ジュノさんとコルテスさんは席を立った。見送るために玄関までついていく。ジュノさんは「ミカン買いに行かないと」と言いながらトコトコと先に出た。今日はミカンの日らしい。

「コルテスさん」

ジュノさんを追いかけようとしているところ悪いが、気になることがあるので引き留めた。話は円満に終わったのに、コルテスさんの表情は完全には晴れない。何か気にかかることでもあるのかと心配になった。

「お顔の色が優れませんが、どうされましたか」

コルテスさんが「ああ」と苦笑いを浮かべる。そっとリビングへ通じる廊下を窺うと、コルテスさんは内緒話をするように身を屈めた。私は近くに寄った。

「ご了承いただきましたが、先生からあなたを毎日二時間お借りするのが心苦しいのですよ」

「……そ、そうでしたか」

何だかこそばゆい気持ちに襲われる。まさかそういうことを気にしていたとは。気遣い屋さんな彼に頭が下がる。「ええっとあのその」と言葉を選んでいると、コルテスさんはクスリと笑った。

「余計なことを。失礼しました」

「む、むむ……」

もはや口を噤《つぐ》むしかない。

「あなたは先生の特別ですから」

こちらがうっかり照れてしまう程、深くて柔らかい微笑みを残し、コルテスさんは大分先に行ってしまったジュノさんを追いかけた。彼が先生のことを慕っている気持ち、そして私のことも大事に思ってくれている気持ちがガツンと伝わってくる。

（ありがたいなあ……）

遠くに聞こえる「じいちゃん！　待って！」という声を聴きながら、しみじみとしてドアに鍵をかけた。

三日後。約束通り、私は件《くだん》のお家に伺うために支度を整えた。お昼を済ませてからでいいとのことだったので、大体十三時から十五時でお手伝いする予定だ。玄関まで見送りに来てくれた先生に「帰りは十六時頃になると思います」と伝えると、頷きが返される。

「小腹が空きましたら、ビスケットやチーズがキッチンにあります」

「……」

「ミルクが切れておりますので、帰りに注文して参りますね」

「……」

「ええと、あとは」

「時間はいいのか」

（二時間だしね……）

普段から家を離れることは珍しくないのに、先生に不便がないようにしなくてはと色々言いたくなってしまう。思えば二、三時間なんて先生は余裕で部屋に籠もっていられる。

気を取り直して、「では、行って参ります」とぺこりと頭を下げた。

「気を付けて」

軽く手を挙げて見送ってくれる先生に、思い切り笑顔を見せた。

今日の天気は穏やかで、森は少々ひんやりしている。落ち葉を踏みながらちょっぴり緊張する気持ちと向き合った。おばあさんと孫。どんな人たちだろう。元気な青年、と聞くとコルテスさんをもう少し若くしたようなイメージを抱く。そうであればやりやすい。

（久し振りの感覚……）

手に下げた籠には、手土産《てみやげ》の栗《くり》のシロップ漬けの瓶。リボンを結び、贈り物らしくした。ジュノさんに貰ったメモを頼りに道を行き、角を曲がる。少し開けたところに立つ、庭付きの家。門を通り、ドアまで数メートル。二人が越してくるまでしばらく誰も住んでいなかったのか、庭は少々荒れた印象だった。建物も湿気を帯びた感じがする。お手入れのし甲斐《がい》がありそうだ、とドアの前で気合を入れた。

深呼吸をひとつして、ゴンゴンゴン、とドアノッカーを叩《たた》いて来訪を知らせる。息を詰めて待つこと数十秒。中からゴトゴトと音がした。そして私を出迎えたのは。

「誰、アンタ」

すこぶる機嫌の悪そうな、私よりもいくつも年下に見える青年だった。くすみがかったブラウンの髪、強気な灰色の目。着崩したシャツは裾が半分ズボンからはみ出している。彼が孫でありジュノさんの言う「元気な青年」だろう。しかし思っていた元気と方向性が違う。

（これは俗に言う、ヤンチャというやつでは）

とはいえこの程度の睨《にら》みに怯《ひる》む私ではない。先生の方が余程怖かった。私は努めてにこやかに、しかし強めの意志を持って青年に挨拶した。

「ルシル・オニバスといいます。ジュノさんからお話を伺ってお邪魔しました」

「あ、そ」

青年は名乗ることなく、部屋の中に向かって「ばあちゃん」とぶっきらぼうに声をかける。すると「上がっていただいて」と少し掠《かす》れ気味の女性の声が聞こえた。青年はプイと背中を向け、私に「入れ」と顎で示す。これは相当歓迎されているぞ、と腹を決め、お宅の中へとお邪魔した。

昼間なのに暗い廊下、そしてやはり薄暗いダイニング。古ぼけた感じのするマットや褪《あ》せた色の絵画は元の持ち主のものだろうか。塗装の剝がれたドア枠を見上げて少々寂しい気持ちになる。きちんと手入れすればうんと素敵になるだろうに。

果たしてあの青年がそこまでするだろうか。見た目で判断して悪いが、食事もどうしているのか心配になってきた。

(おばあさんが、もしも雑な暮らしに耐えているのだとしたら……)

私は色んな意味でハラハラしながら、青年が入っていった部屋に足を踏み入れる。

(あれ……?)

そこは何だか通ってきたところと比べると異世界で、私は一瞬戸惑った。綺麗《きれい》な絨毯《じゅうたん》に整理された本棚、そして窓辺で安楽椅子に座る身綺麗な老婦人。白い髪を編んで下の方で纏《まと》めている。上質そうなワンピースが深い色のひだを作っていた。

彼女は私に向かって柔らかく微笑んだ。

「よくいらっしゃいました、ルシルさん」

婦人は手招きし、私はそれに従って彼女の近くに立つ。すると、優しく手を握られた。

「来てくださって嬉しいわ。優しそうなお嬢さんだこと。エレーナ・ブルームよ」

それはそれは上品なご挨拶だった。私は姿勢を正して、改めて「ルシル・オニバスと申します」と自己紹介をした。

脇でムスッとしている孫にちらりと視線を遣《や》ると、エレーナさんは「あなたはご挨拶したんでしょうね」と優しく厳しい口調で孫に訊く。

（で、こちらは……？）

「……バーレイ」

孫は渋々名乗った。二人の力関係が何となく把握できたような気がする。

「こちらよろしければどうぞ」

「あら何かしら、まあまあ！」

持参した栗のシロップ漬けの瓶を籠から取り出し、エレーナさんに渡す。エレーナさんの顔がパッと明るくなった。

「ご自身で作られたの？」

にこにこする彼女に「はい」と答えると、「そう。素晴らしいわ」ととても感心した様子で瓶の中身を眺めていた。

「ありがとう。はい、バーレイ」

エレーナさんは孫に瓶を差し出すと、孫が飛びつくように瓶を受け取る。何だろう、言うことを聞かないと怖いのだろうか、このおばあちゃん。薄《う》っすら寒気がしたが、孫はエレーナさんを気にすることなく、栗のシロップ漬けを敵《かたき》のように睨みつけている。栗に恨みでもあるのだろうかという形相だ。

「バーレイ。お茶を淹れて頂戴」

「あ、私が」

手伝いに来た身である。お茶を所望されるなら私がやろうと思ったのだが。エレーナさんはやんわり「いいえ」と私を留《とど》まらせる。バーレイさんも、命令したエレーナさんではなく、手を出そうとした私へと鋭い視線を投げ、「フン」と言って部屋をさっさと出ていった。

(ど、どういう人たちなのかしら)

何となくピリピリした空気の家だなと思った。エレーナさんに気圧《けお》されて突っ立っていると、「ルシルさん」と名を呼ばれた。

「申し訳ないのだけど、そちらの椅子を持ってきてくださる?」

私は「はい」と彼女の視線の先にある椅子を持ち上げ、指定された場所へと動かした。エレーナさんは満足そうに頷き、「どうぞ」と言って今私が持ってきたばかりの椅子を指す。私は一瞬キョトンとしてしまった。

(私が座る用だったのね……)

勧められたからにはとりあえず座る。エレーナさんはまた嬉しそうに笑った。

「直ぐお茶が来ますから」

孫が現在鋭意淹れているであろうお茶。既に私は「このおばあちゃん強いぞ」という認識を固めていた。私が「お手伝いは」と訊くと、「大丈夫よ」と返ってくる。

「あなたはどこのご出身なの？」

「ブラメールです」

「いいところよねえ。静かで」

「ご存じですか」

あんな田舎《いなか》を、と言いそうになるが、引っ込めた。エレーナさんは「勿論《もちろん》」と頷く。

「私、色んなところに住むのが好きなの。バーレイは嫌かもしれないけど」

「だからコートデューへ？」

「そうよ。行ったことのないところに行きたいの」

中々潑剌《はつらつ》としている。「若い頃は飛び回っていたのよ」と冗談めかして言う彼女に少女の影を見た。強くて可愛《かわい》いおばあちゃんである。

そんなことを喋っていると、何やら甘い匂いが漂ってきた。

「ん？」

「あらあらあの子ったら」

エレーナさんが呆れた顔で部屋の入り口へ顔を向ける。

「お茶はしばらく来ないかもしれないわ」

肩を竦《すく》めて言った彼女の言葉の意味が分かるのは、三十分後のことだった。


「できた」

「一体どれだけ茶葉を蒸らしたのかと思ったわ」

エレーナさんと他愛《たわい》のない世間話をしていると、仏頂面のバーレイさんがトレイを持って現れた。テーブルに置かれたのはティーポットとティーカップ、そして。

「栗のパイ……！」

つやつやとしたパイ生地にゴロリと栗が入っている。私はハッとした。この栗は。

「いただいたもの、もう使ってしまったの？」

「……」

エレーナさんの質問にバーレイさんは答えない。答えをはぐらかすように素知らぬ顔で余所を向いた。

「この短時間で……！　わあ、生地が薄い……！」

私は持ってきた栗のシロップ漬けが素敵なお菓子に変身したことに驚きを隠せなかった。しかもこのぶっきらぼうな青年が作ったというのだから仰天である。褒めるところしか見つからないパイに感動し、「凄《すご》いですね」とバーレイさんに話しかけた。

「……」

凄まじいしたり顔が返ってきた。私が座っているからか、かなり上の方から「どうだ」と見下ろされた感じがした。

「……」

何とも言えぬ気持ちでいる私へ挑戦的な眼差《まなざ》しを投げると、バーレイさんは大股で部屋を後にした。強い。あの孫も強い。

「人付き合いが苦手な子なの。誰にでも噛《か》みついてしまって。困ったものだわ」

眉を下げるエレーナさんに、私は首を横に振り「気にしていない」ことを示した。今はそれよりもその青年が拵《こしら》えたパイに興味がある。

「ふふ、いただきましょうか」

「はい」

良い塩梅《あんばい》に蒸らされた紅茶を一口飲み、パイにフォークを立てる。薄い皮はサクッと軽い。とても舌触りがよく、バターの利いた生地が甘い栗を引き立てた。あまりの美味しさにパチパチと瞬くと、エレーナさんが「美味しい栗だこと」と目を細める。

「ありがとうございます。でも、このパイ生地がとっても美味しいです。びっくりしました」

「今の彼のブームなのよ。毎日パイが出てくるわ。生地を切らさないの」

「毎日作ってるんですか……」

「そう。だから家の中のことが中々進まなくって」

私はとても納得した。毎日パイ生地を捏《こ》ね、お菓子作りに精を出していたら必要最低限の家事しかできなかろう。私はここに来た意味が大いにあると思い、脳内で計画を立てた。今日はお手伝いを「いい」と言うエレーナさんの厚意で顔合わせのお茶会しかしていないが、明日からはあっちもこっちも手を入れようと決意した。

帰り際、失礼でない程度にお家の中を観察したけれど、窓拭き、カーペットの洗濯、ペンキ塗り、建て付けの修繕等、挙げればきりがない程仕事を見つけた。毎日二時間でどこまで進むか分からないが、住まいをきちんと整えなくてはと燃える。

(これは生活が落ち着くまでしばらくかかりそう)

夕暮れが始まる帰り道、森に差しかかったところでミルクの注文をしていないことを思い出し、慌てて引き返したせいで帰りは予定よりも少し遅くなってしまった。

森のトンネルを抜けると、家に灯《あか》りが点《つ》いている。二階は暗い。リビングに先生が居るらしかった。私は先生の待つ家へと走る。

「ただいま戻りました!」とドアを開けるなり叫ぶと、玄関には先生が立っていた。

「……おかえり」

沈む前の夕陽《ゆうひ》のような、心に滲《にじ》む声。暗い森を歩いてきた私の気持ちが溶けるような感覚がした。

「お夕飯の支度をしますね」

鍋に鶏肉を放り込み、野菜と共に弱火で煮始める。他の用意が整うまでそうしておけば、自《おの》ずと美味しいスープが出来上がる。並行してポテトを茹《ゆ》でて潰し、ローストしたガーリックを添える。ハーブを散らすのを忘れずに。

（あとは、マリネを出して。豆を辛く煮よう）

せっせと手を動かしているキッチンの向こうから、先生がこちらを眺めている。豆を火にかけ、「どうかなさいましたか」と尋ねると先生は首を緩く横に振った。

「……鮮やかなものだと」

「ああ、この豆ですか？　良い色ですよね、艶があって」

「違う」

違ったらしい。丁度「良い豆だ」と思っていたところだったので、てっきり豆のことだと思ってしまった。

「手際の話だ」

ぴたり、と私の手が止まる。

「君の仕事が乞われるのは納得がいく」

「お、恐れ入ります……」

私は小さくなった。何をいきなり改めておっしゃるのかと思えば。

（あれか、私がお手伝いに行き始めたからですね）

先生は「疲労はないか」と心配までしてくれる。今日はエレーナさんとお喋りしていただけだったから、体力的には何も負担はなかった。

「本日はご挨拶でしたので大丈夫です。ありがとうございます」

「……無理をする前に言うように」

優しい申し付けだ。喜びを噛みしめるように口を結び、私は頷いた。

「仕事はあるか」

「では、スープの味見を」

先生は「承った」と言ってキッチンへやってきた。そして小皿に掬《すく》って味をみると、棚からコショウとビネガーを取り出した。今日のスープは特別だ。

次の日。私は意気揚々と籠にお掃除グッズを詰め込んで家を出た。やる気満々で、ついつい道中早足になった。家に着くなり頭にピシッと三角巾を被る。私がエプロンを取り出したところで、振り返ったバーレイさんが「何してるんだこいつ」という顔で見てきた。

「お掃除が一番必要なところはどこですか」

「は？」

私の大変分かりやすい質問に、バーレイ氏は更に人相を悪くした。「えー」と内心で驚いていると、彼は顎をしゃくってエレーナさんの部屋を指す。

「アンタはあっちだろ」

(そうなの?)

さも当然という風に言われ、面食らう。

(おかしいな。あれ? 今日から私はお手伝いさんなのでは?)

しきりに首を捻りながら大人しく彼の言う通り、昨日お茶した部屋に入った。後ろからバーレイさんの視線が突き刺さる。痛い。

「失礼いたします」

「いらっしゃい。どうぞ」

「どうぞ」と共に昨日座っていた椅子を示された。私は「何だかおかしいぞ」と思いながら、エレーナさんの方へ歩み寄る。

「あの、私、ジュノさんからお手伝いとお伺いしていたのですが」

「ええ勿論」

あっけらかんとした物言いに戸惑いを覚える。ならばどうしてここの部屋に通されるのだろうか。どう見てもこの部屋は一番綺麗だ。

「お掃除したり、お料理したり、修繕したりするのかと思っていました」

「あらあら、何でもできるのね」

エレーナ婦人はゆったりしたまま「うふふ」と笑った。困っている私の表情を読み取り、「まあお掛けになって」と再度椅子を勧める。何となく釈然としない思いで私は着席した。

「お手伝いにも色々あるわ」

「はあ……」

「あなたにはね、私の話し相手になってほしいのよ」

話し相手。私は目を瞬いた。

（そういう仕事か！）

ようやく合点がいった。先生のところでは全く需要がなかったどころかむしろ積極的にその仕事をしようものなら早々に解雇されていたであろう『話し相手』。世の中には家事手伝いに加えてお喋り相手を求める家主が存在する。初めてあたった。

私は大分納得したが、それでも滞っている家の中のことが気になった。

「承知しました。でも、お掃除もお手伝いしますが」

「そういうことはバーレイに任せているから。あの子もやればできるのよ」

断られてしまった。孫の彼が家事をしているのに、雇われている私の仕事がエレーナさんとお喋り。何だか非常に申し訳ない気持ちになる。これは相当面白い話をしないと釣り合わない。妙なプレッシャーを感じた。

ごくり、と喉を鳴らしたところで本日のお茶とお菓子が運ばれてくる。テーブルに並べられたのは凝ってらっしゃるとお噂《うわさ》のパイ。中に詰められたリンゴが蜜と共に今にも溢《あふ》れんとしている。

「今日も美味しそうなパイですね」

「……ふん」

バーレイさんはギラリと私を一瞥《いちべつ》すると、何も言わずに去っていった。

「さ、どうぞ」

エレーナさんは孫のギラギラな態度を気にすることなく、私にお茶を勧める。本当に私はお話し相手として呼ばれたらしい。最近面白可笑《おか》しい話はなかったかと必死に考えを巡らす。

(……駄目だ!)

頭の中に浮かんできたのは全て、世俗の垢《あか》にまみれた、ハッキリ言ってしょうもなくて笑える話。笑うしかない話とも言う。とても上品なご婦人に聞かせられるものではない。他にはないかと、私はあらゆる記憶の引き出しをひっくり返した。

(どうしよう、帰りに本屋でジョーク集でも買おうかな……)

「百面相をしてらっしゃるわ」

エレーナさんは目をぱっちり開いて、面白いものを見つけたような顔をしている。私は両頰をパチンと両手で押さえた。

「失礼しました。何かお聞かせできる楽しいお話はなかったかと考えていました」

するとエレーナさんは一瞬キョトンとし、フッと吹き出した。こんなご婦人でも吹き出すことがあるのかと私はある種の感動を覚える。勿論、大変ささやかなものではあったのだが。

「うふふ、真面目な方。いいのよ、気負わなくて。そうだ、あなた編み物はおやりになる？」

　私は「はい」と頷く。エレーナさんは嬉しそうに両手を合わせた。

「じゃあ明日は一緒に編み物をしましょう」

「は……はい！」

　私は元気良く返事をした。ジョーク集を買う必要はなさそうである。二時間も私の拙いジョークを聞き続けるのは彼女にとっても拷問に近いだろう。良かった、方針を示してくれる人で、と安堵《あんど》した。

　こうして、思ったのとちょっと違った私の「お手伝い」が始まったのであった。


　お手伝いの子が帰った後。薄闇に包まれた家に灯りがポツリと灯《とも》る。エレーナはキッチンで夕食の準備をしている孫と、依然として埃《ほこり》っぽいダイニングを見比べ、小さくため息を吐《つ》いた。

「いつになったら綺麗になるのかしら」

　バーレイは何とも思っていない風に「さあ」と返す。エレーナは肩を竦めた。

「どうせ直ぐにまた引っ越すんでしょ」

「そうだけど。住んでいる間はきちんと住まないと」

「二人だけなのに？」

「二人だけでも、よ」

不満そうに眉を寄せるバーレイに、エレーナは慈愛に満ちた顔で微笑んだ。

「たとえ一人でも、何でもできるようにならなくちゃ」

「……」


エレーナさんのお家に通い出して三日目。ガチャン、と多少乱暴に目の前に置かれたのはクレームブリュレ。パイでないことに驚き、私はすかさずバーレイさんを見た。すると彼は昨日よりも大変不機嫌に「『今日は』パイじゃねーよ」と言い捨てて部屋を後にした。

「ええ……」

思春期の男の子って難しい。どうしてご機嫌が悪いのだろうか。何かしただろうか、いや身に覚えがない。

「『今日は』っておっしゃいましたね……」

「何だか強調していったわね」

編み針を手に、エレーナさんと顔を見合わせる。ふと私は昨日自分が言った言葉を思い出した。

『今日も美味しそうなパイですね』

まさか、と彼が出ていった方をジロリと見る。あの言葉を嫌味《いやみ》だと受け取ったのだろうか。「今日も」「パイ」。そんなつもりではなかった。がっくりと項垂《うなだ》れると、エレーナさんが「気になさらないで」と私を宥《なだ》める。

「召し上がって頂戴。紅茶が冷めてしまうわ」

エレーナさんのやんわりとした言葉に流され、私はもどかしさと共に紅茶を飲み込んだ。続けて「そちらもどうぞ」という視線に応え、クレームブリュレも一口。バニラの香りが高く、卵の味が濃い。パリッとしたほろ苦い表面と大変良く調和している。

(う……！　美味しい……！　まるでお店のデザート！)

つい唸《うな》ってしまう逸品に目を白黒させていると、エレーナさんは「今何を編んでいらっしゃるの？」とお喋りを始めた。

「自分用の靴下です。先日穴が開いてしまって」

「寒くなるものね」

「エレーナさんは何を編んでいらっしゃるのですか」

「肩掛けよ。この毛糸、とっても暖かいの。分けて差し上げるわ」

エレーナさんがひょいひょいと毛糸の玉を私へ寄越《よこ》す。糸の密度の高い初めて見る毛糸だった。

「これはね、標高の高い山岳地方で重宝されている毛糸なの」

「もしかして、以前お住まいに……？」

「うふふ」と貴婦人は笑った。どうやらそういうことらしい。「行ったことのないところに行きたい」と先日彼女は言った。

（私が思っているよりもあちらこちらへ移住しているのかも……？）

「他にはどのようなところにお住まいだったのですか」

自分の知らない土地の話は、おとぎ話を聞く感覚に近い。私はワクワクして、エレーナさんに話を求めた。「聞き役」としてお相手を務めるのもありだろう。

「そうねえ。海の近くにも住んでいたこともあるし、洞窟の中で暮らした時期もあったわ」

「ど、洞窟……!?」

「短い期間だけど」

私の驚き顔を見てエレーナさんは「冒険譚《ぼうけんたん》がお好き？」と微笑む。お好きかお好きでないかと訊かれたら正直お話のジャンルとして特別大好きという宗旨はないけれども。目の前で優雅にお茶をたしなみながら編み物をしている気品のあるご婦人が、「洞窟で暮らしていました」とあっては食いつかない訳にはいかない。何がどうなってそうしていたのか。そしてそこからどういうことがあって今に至っているのか。

私は彼女の質問に「はい！」と前のめりで返事をした。

「――で、そこに財宝が隠してあるという暗号を読み解いて」

「お待ちください」

私は両手を挙げてエレーナさんにストップを要請した。エレーナさんは「どうぞ」と言ってお茶を飲んだ。こめかみを指でギュッと押さえ、聴取した情報を整理する。もう頭の中がパンパンである。

（待って？　ええと？　何だっけ？　古代集落の長《おさ》の家から？　手紙が見つかって？）

聞いたままを記すとこうだ。洞窟暮らしに至るまでにはいくつかの過程があった。まずエレーナさんは、古くから放置されていた古代集落の見物に行き、そこで長の家とされる建物の地下に部屋を発見。そこには植物の繊維で作られた紙が良好な状態で残っていて、何とか文字を拾うと手紙だということが分かった。古代文字の専門家と共に本格的に内容を検証し、かつてその地域を掌握していた国が後に別の国に敗れた際に隠した財宝の数々が、どこかに眠っているということを知る。そのどこかを割り出すために、長とやり取りがあったであろう地域に出向き、より詳しい情報を探し出し……。

「結果その場所が洞窟だった、ということですか……？」

パチパチとささやかな拍手をいただいた。私はドッと疲れ、信じられない気持ちでエレーナさんへ視線を送る。洞窟に寝泊まりしていたことも勿論だが、財宝の有無が気になって仕方がない。気になることが大渋滞している。何者なんだ、このおばあちゃん。

「それで、宝は……」

「あったのよ。たくさんの宝石の付いた装飾品がね。どこかの美術館で見られるわ」

あまりに軽く言ってのけるものだから、こちらの「えええ!?」と叫びたい気持ちが萎《しぼ》む。呆然《ぼうぜん》と、

「そうなんですね」としか言えない。

「各地にお住まいというのは、もしかして……？」

「うふふ、あらもう二時間。ご苦労様。また明日。お話聞いて頂戴ね」

優しく本日の業務終了を告げられ、私はこの大きな衝撃を胸に抱えたまま退出せざるを得ない。

後ろ髪引かれる思いでエレーナさんにお暇《いとま》申し上げた。まだ心臓がドキドキしている。

「わ！」

部屋を出たところに不機嫌そうなバーレイさんが立っていて、別の意味でドキッとしてしまった。

ドキッとされた側のバーレイさんはムッとしかめ面になる。

「すみません。びっくりして……」

「……チッ」

明らかな舌打ちをされた。何でも気に障るお年頃なのかもしれない。それ以上刺激しないよう、
私は「失礼します」と言って頭を下げる。するとバーレイ氏は「パイだけじゃない」と怒っている
動物が唸るように言った。

（お菓子の感想を求められている……!?）

年頃の子は難しい。私はくるりと振り返り、努めて穏やかに伝えた。

「とっても美味しかったです。ありがとうございました」

「ふん」

さして嬉しそうでもなかったけれど、きっとさっきので正解だったのだろう。予期した反応が返ってこない点に関して言えば、初期の頃の先生とよく似ているなと思った。

今日は話を聞くだけでも体力を使い、重い足でズシズシと家に帰った。干して出かけた洗濯物を取り込んでから家に入ろうとすると、既に物がなくなっている。どう考えても先生が取り込んだに違いない。「ひえ!」と飛び上がり、私は勢い良く家のドアを開けた。

「ただいま戻りました！　先生、洗濯物ありがとうございました！」

しかし飛び込んだリビングに先生は居なかった。二階へ続く階段を見上げる。

（私が居ない間、何をしてらっしゃるんだろう）

たった二時間。されど二時間。私が家に居るときだって、先生が何をしているか逐一つぶさに把握してはいないけれど。

（痕跡があると、途端に先生の行動が気になってしまう）

キッチンに用意していたチーズは少し減っていたし、ケトルにはほんのり熱が残っている。少し、意外だなと思った。洗濯物を取り込んだり、お茶を淹れたり。二階に籠もり切りではなく、家の中をウロウロしているらしい。

（お買い物や散歩に行くだけだったらこんなことないのに）

「……明日から、おやつを飲み物と一緒にトレイに載せておこうかな」

もしよければ、というくらいの気持ちで用意していたチーズがちゃんと減っているということであれば、最初からお持たせした方が先生に手間をかけなくていい。飲み物も量を増やして渡そうか、冷めやすい時期なので迷う。

「後で、ご希望を伺おう」

夕食の用意を始めながら、先生と話すことを考える。どういう言葉が返ってくるだろうか。穏やかで静かな暮らしにスパイスが加わるように、目新しい話題が増えるということは悪くないことだと思った。


「昨日はどこまでお話ししたかしら？」

「海峡に沈む海賊の宝を見つけたところです」

本日も上品にしているエレーナさんは「ああ！」と手を鳴らした。エレーナさんの冒険譚、もといトレジャーハンター記録を拝聴して本日でもう一週間以上が過ぎた。毎日きっかり二時間、測っているかのような正確さでエレーナさんは私に話をする。時間に厳しい人なのか、人を雇うことの心得がしっかりしている人なのかは分からないが、毎回続きの気になるいいところで終わるので巧みな話術の持ち主なのは確かだ。

(何だか、私の方が楽しませてもらっているような)

はっきり言って、私は「話し相手」として雇われることに慣れていない。これまでの家政婦稼業では、家主の身の回りの世話や炊事洗濯等を任されて給金を貰っていた。それ故お話だけを仕事とすることに少々難しさを覚えている。苦痛な話を聞き続けたり、抱腹絶倒の面白い話をしなくてはならないならまだしも、心躍る楽しい話を聞かせてもらえる上に美味しいお茶とお菓子まで付いてくる。

「来てくれて嬉しいわ」とエレーナさんは言う。それを聞くと、私も嬉しい。しかし、だからこそ、「お金を頂かなくてもお話をしに来るのに」と思ってしまう私が居る。むしろ、払わなくてはならないのは私の方では、という気さえしてきた。

彼女が雇用の関係を持ちたい理由は教えられていない。任されるのが家事であれば手間賃を貰っていると思えばいいのだけれど。今回はちょっと違う。雇い主のことはあまり詮索しないのが私のやり方である。が、慣れていないせいか、彼女にどういう意図があるのか気になってしまう。

(知り合いが居ないから?　まさか自由に人とお話ししてはいけない生まれの人?　それとも単純に、毎日自分のために人に二時間割かせるのをお礼なしにはお願いしづらいと思っているから?)

考えれば考えるほど、自分が雇われている意味が分からなくなってきた。街の暮らしに慣れるまで、という曖昧な期限の終わりはいつ来るのだろうか。私という「街の人」が彼女と馴染《なじ》みになることがそれを指すのであれば、目標は直ぐに達成できる。しかし街の暮らし、というともっと広義のような気がした。

（私も街の人のお話をたくさんして差し上げればいいのかな。それとも私が誰かとの顔繋《かおつな》ぎになればいいのかな。あ、外部から移り住んだ私がどうやって街に馴染んだかをお伝えすればいい？　あれ？　でも二人は私よりも移住回数は格段に多そうだし……）

エレーナさんがどこまで望んでいるのか、確かめる必要があるのかもしれない。

「うふふ、あなたとお話ししていると娘を思い出すわ」

「それは、バーレイさんのお母様ですか？」

「ええ。では、また明日ね」

意図的になのかどうかは分からない。話を掘り下げる時間は残されていなかった。私に優しく業務終了を告げる彼女の声を受け、その心が読み取れないもどかしさを覚えた。

部屋を出たら、バーレイさんがせっせと何かをしていた。小麦を捏ねたようなものを綺麗に纏めて、表面が滑らかな球が二つ仕上がったところだった。ふと、頭を過《よぎ》るのはエレーナさんと最後に交わした会話。

（バーレイさんの、お母様）

さっきの今なので、口に出したい気持ちがもたげた。しかし彼の纏う雰囲気がそれを阻む。いつになったら心を開いてくれるのだろうか。

相も変わらず、この家はエレーナさんの部屋とキッチン以外は雑然としているし、埃っぽく湿っぽい。私は不要と言われているのを承知でバーレイさんにこそこそと話しかけた。

「あの……出過ぎたことかもしれませんが、お話し相手以外にも何かしますよ」

バーレイさんは案の定ギュッと眉を寄せた。

「いい」

(ですよねー)

やっぱりか、と肩を落とす。しかし、「でも」とバーレイさんが言葉を続けた。

「……ケーキ型が欲しい。一回り大きいやつ」

「…………」

「案内しろって言ってんだけど」

まさか過ぎるお願いに、一瞬頭が真っ白になった。意外なのはケーキ型ではなく、道案内を頼まれたことそのもの。私はコクコクと頷き、いたく不本意そうな青年と家を出た。

「にゃあん」

「あれマカロンさん」

私たちと入れ違いに、この街を渡り歩いては住人たちから食事を貰っている猫のマカロンさんが家の敷地に足を踏み入れる。

『あらルシルちゃん、来てたの』

私を見て挨拶をするようにひと鳴き。手を振って「こんにちは」と言うと、尻尾をゆらりとくねらせた。

「こちらでご飯を？」

「ばあちゃんが。でもアイツ、絶対触らせないな」

「ああ……ね」

マカロンさんは大変可愛い猫ちゃんだ。しかし可愛さ以上にそれはそれはお高くて、強《したた》かで逞《たくま》しい。人からしっかり食料は貰うが、人へのリターンはなし。馴染みの私にも、そして頻繁にご飯の提供をしているリリアさん、コルテスさんにも決して撫《な》でさせないのが彼女の流儀。

（どこでも誰にでもそうなんだなあ）

庭を抜けて勝手知ったる風に家の窓にちょこんと座るマカロンさんを見送り、私たちは商店のある通りを目指した。

背後から「あらあら猫ちゃん、また来たの」と喜んでいるエレーナさんの声が聞こえた。

せっかくなので案内がてら、他の店や、店以外も紹介することにした。

「ここはミルクをお家《うち》に運んでくださるので大変助かります」

「……ふーん」

「あそこは資材屋さんです。材木とペンキのまとめ買いキャンペーンは決して逃さないように」

「……はあ」

伝える情報を耳よりなものに厳選しているからか、バーレイさんは特段煩《うるさ》がる様子なく耳を傾けている。どの程度しっかり聞いてくれているのかは不明だが。そうして歩いていると、赤い屋根の建物が見えてきた。

「あ、あれが商工会です。マカロンさんがよく出入りしているところです」

「あっそ」

商工会にはあまり興味がなかったらしい。相槌《あいづち》を打ってくれただけでもいい方かもしれない。私は他に面白いものはないかと辺りを見回す。しかしバーレイさんはそんな私の意図に気が付いたのか、若干イラッとした様子で「いいから。早く連れてけよ」と催促してきた。

（どうしてこんなにつっけんどんなのかしら）

年下の彼にムキになって怒るのも大人げない。ここは大人の余裕を見せなくては。私が自分に言い聞かせ、「こちらです」と進行方向を指したとき。その先で見知った人がこちらに手を振って歩いてくるのが見えた。

「リリアさん！」

「ルシルちゃーん」

リリアさんはシックでかつ可憐《かれん》な雰囲気の素敵なワンピースに身を包み、買い物袋と花束を手に抱えていた。袋から長いパンがはみ出している。私は何も言わないバーレイさんを背に、リリアさんに向かって小走りした。彼女も嬉しそうにこちらへ足を進める。

「久し振りね。元気だった？」

小首を傾《かし》げ、柔らかく笑うリリアさん。胸の中がきゅんとした。

「はい。リリアさんもお元気にされてましたか？」

「ありがと。この通りよ。あら、その子は？」

リリアさんの視線の先にはバーレイさん。先行した私に追いつき、背後にぬんと立っていた。気配がなかった。怖い。心なしか表情が固い。どうしたのだろう。訝《いぶか》しみながら私はリリアさんに彼を紹介する。

「最近おばあ様と越してこられたお孫さんのバーレイさんです」

「ああ、誰か引っ越してきたってお客さんから聞いたわ。初めまして、リリアよ」

「……」

（えー。何も言わない）

ジトッとバーレイさんを見れば、見返してきた瞳が何かを訴えている。てっきり得意の無愛想かと思えば、何というか、困っているような印象を受けた。詳しいことは一切分からなかったが、せっかくリリアさんが話しかけてくれたのだ。バーレイさんがどうしたのかは後で聞くとして、今は話の間を持たせなくてはならない。

「暮らしに慣れるまで、お手伝いに行っているんです。バーレイさん、お菓子作りが上手でいつも美味しいものを出していただいています」

「ええ！　すごーい！　それなら私もお手伝いに行っちゃおうかしら」

茶目《ちゃめ》っ気《け》たっぷりに笑う彼女。文句なしに可愛かった。

「……」

やはり何も答えない彼。私に対してだったら若干失礼気味でも何かは言うのに。口も開かないどころか、誰とも目を合わせないでいる。もしかして緊張しているのでは、と思い至った。

(可愛いところもある)

リリアさんがうんともすんとも言わないバーレイさんに気を悪くした様子はなく、むしろ彼が緊張してしまったことを察したようで、大変エレガントに「開店の準備をしなくっちゃ。またね二人とも」と別れの挨拶を告げる。くるりと踵《きびす》を返したときにたっぷりとした黒髪が翻る。何だかいい匂いがした。

ひゅるり。冷たい風が吹いた。残された私たちはリリアさんの背中を見守る。

「来たばかりの頃、私もお世話になりました。彼女自身も確か余所からの人だったはずです。とっても優しくて……あれ？」

私が説明している途中でバーレイさんがスタスタと歩き始めた。私は追いかけ、隣に並ぶ。また知らぬ間に機嫌を損ねたかと思ったが、覗《のぞ》き込んだ彼の表情は一概に気分を害しているとは言えなかった。何かを我慢しているような、諦めたような。複雑な感情が彼の瞳の中に見えた気がした。

そのまましばらく黙って歩き続けると、不意にバーレイさんはポツリと言った。

「仲良くなるなって、言われてる」

私以外には聞こえない、小さな声だった。

(それは、どういうこと?)

誰に、どうして。浮かんだ疑問を口にする前に、バーレイさんはプイとそっぽを向いて心を閉ざしてしまった。自然と歩みの遅くなる足が、地面を擦《こす》った。バーレイさんが一歩二歩と先を行く。

「バーレイさん?」

「……」

バーレイさんはやはり私を見ることはなかった。会話はもうできず、私たちは無言でケーキ型を売っている店を目指した。

「できた」

ひょいと掲げるのは、手製のミカンの皮入浴剤。先日から食べてはせっせと干していた柑橘類《かんきつるい》の皮の水分がいい感じに抜けたので、細かく切って袋に詰めた。袋の口を紐《ひも》で綴《と》じれば出来上がり。匂いを嗅ぐと爽やかな良い匂いがする。

「明日、バーレイさんにもあげよう。これで少しは気分転換になるかなあ……」

バーレイさんに街を案内してから五日経《た》つ。バーレイさんと顔を合わせても、直ぐに目を逸らされてしまう。帰り際に私に何かを言おうとする素振りを見せることもあったが、何も言われることはない。躊躇《ためら》った挙句、やめてしまうようだった。部屋の中を歩き回りながら苛立《いらだ》ったように頭を掻《か》いている姿も目にしている。彼がスッキリしないでいる、或《ある》いは悩んでいるというのが見ていて手に取るように分かった。

原因はやはりアレだろう。『仲良くなるなって、言われてる』。誰が彼にそう言ったのか。バーレイさんはエレーナさんと二人暮らし。私が思いつく人はエレーナさんしかいない、のだが。

(エレーナさんが、「仲良くなるな」なんて言うかなあ……?)

そもそもそんなことを孫に言い付ける理由が分からない。彼女自身はあんなに話し上手で朗らかなのに。

(孫が良からぬ付き合いに巻き込まれないようにしている、とか……?)

存外厳しい、いや厳し過ぎるおばあ様なのかもしれない。私が家事を手伝うと言ってもバーレイさんにだけやらせようとするのも、孫への教育の一環なのだろうか。それにしたって誰とも仲良くしてはいけないというのは少々度が過ぎてはいやしないか。

(……いや待って。エレーナさんだって、私以外と話をすることがあるのかしら)

私が出向いて出会ったことがあるのはマカロンさんだけ。バーレイさんは勿論、エレーナさんが誰かとあそこで話しているのを見たこともなければそんな話を聞いたこともない。

（もしかしたら、ジュノさんがお顔を出しているかもしれないけれど）

自ら交流を望むのであれば、彼女は私かジュノさんにそう頼むだろう。しかし、現状でそうなっていない、ということは。

（彼女自身も広く人付き合いをしないようにしているのでは）

そんなことを思い始めたら、街の人をエレーナさんに紹介してみようかという気持ちが萎んでしまった。もとよりそういう気が彼女にあったなら、既に希望されていておかしくない。お金を払う関係にある私にならお願いしやすいはずである。

「……でもなあ」

たとえ教育方針であったとしても。エレーナさんの生き方だったとしても。それはエレーナさんの考えであり、バーレイさんが同じとは限らない。

（人付き合いを制限されて不満がないはずはないでしょう……）

ただ、バーレイさんも不思議なもので、人付き合い禁止令を守る割には、家の中のことに関しておばあさんの言い付けに従っている様子はない。手入れを必要とする家の状態は毎日変わらない。むしろ庭に植えられている木の葉が落ち放題で、散らかっていく傾向にある。

（ご家庭の事情は様々だけど……）

バーレイさんのあの顔を、エレーナさんは知っているのだろうか。

「行って参ります」

ルシルの声に少し疲れが窺える。連日余所の家とここの仕事をしているのだ。疲労が嵩《かさ》むのは当然のことだろう、とフィリスはジロリとルシルを見た。

「な、何でしょう」

その視線に気が付いたルシルがビクリと肩を揺らす。

「何かあったのは君では」

「え」

ルシルは目を点にした。宛《さなが》ら「どうして分かったのか」という顔で。フィリスがそのままルシルに言葉を促すように眺めているとルシルは苦笑いを浮かべた。

「エレーナさんとお孫さんのことを考えていました。お家によって色々複雑だなあと」

「……そうか」

彼女は見守ることに慣れている。長《た》けていると言う方が正しいのかもしれない。手を出すべきときと場合をよく心得ている。大家族という環境と、自立して働いて生きてきた経験のなせることだろう。

「お二人にはお二人の生活の仕方がありますから、軽率に口を出すこともできませんので、もう少し理解を深めたいなと。と、勝手に私が思っているだけです。気を揉《も》み過ぎたかもしれません」

「疲れはないか」

ルシルはパッと笑い、両手で拳を作ってみせた。

「疲れは全然！」

「そうか」

僅かに眉を下げたフィリスに、ルシルはもじもじとしながら「ありがとうございます」と言う。

「あの、では。改めて。行って参ります」

先程よりは声が明るい。フィリスは目を細め、ルシルの髪に付いていた何かの屑《くず》を摘まむ。

「……気を付けて」

「…………はい」

背を丸め、頬を押さえて歩いていった背中が森に消えるのを見守った。


「マカロン、最近丸くなった……？」

「にゃあん」

コルテスはいつも通り窓辺に現れた猫に餌を差し出しながら違和感を口にした。ふっくらした体つきの猫は、満足そうに尾を揺らす。

「どこかでいいもの貰ってるな？」

「にゃーん」

「どうかしらね」と聞こえるマカロンの声。コルテスは肩を竦めた。あちらこちらへ彼女の行きつけがあるのはよく知っている。自分の所もその内のひとつ。

「うちはツマミだもんな」

『それがいいのよ』

リリアのところはしっかり昼食。粉屋のロイズはマカロンのためにいい魚をいつも取っておいてあるとか。

「しっかりしてるよなあ」

『ありがと』

コルテスの提供した肉や魚のかけら盛りを平らげると、マカロンは大きく伸びをした。これからひと眠りして、最近お気に入りのあの家に行く。

『じゃあね』

「あんまり太るんじゃないよ」

『余計なお世話よ』

フン、と失礼な男に背を向け、マカロンはぴょんと乗っていた木箱の上から飛び降りた。一日昼寝をしに住処《すみか》に戻る。ゴロンと寝転がり、今日のおやつは何かしらと考えながら目を閉じた。

「あら猫ちゃん、いらっしゃい」
「にゃー」

マカロンがきちんと門から入り、庭を横切って家に向かっていくといつものようにエレーナが窓から顔を出した。その窓の傍にちょこんと腰を下ろすと、「いい子ねえ」と言って用意していた皿がそっと差し出される。ここは他の家と違い、素材そのままではなく、かなり手の込んだ猫用のおやつを提供してくれる。腕のいいのがいる、とマカロンは大層この家を気に入っていた。

「今日はカップケーキですって。どうぞ」

皿の上に載っているのは人が口にしているのとそっくりのケーキだった。マカロンは鼻を近付け、様子を探る。

「ふふ、猫ちゃん用にあの子が作ってくれたから大丈夫よ」
『そうみたいね』

マカロンは「無害」と認定し、早速ぱくりと一口食べる。

『あらやだ！　美味しい！』

他では味わえない逸品に舌鼓を打つ。エレーナはマカロンが喜んでケーキを食べるのを、にこにこして見守った。あまりの愛らしさについ撫でようと伸ばした手を、マカロンはすかさず避《よ》ける。エレーナは「あらあら」と苦笑し、自分のうっかりを詫《わ》びた。

「ごめんなさいね。苦手だったわね」

『嫌いなのよ』

些《いささ》か不満気に鳴くマカロンだったが、エレーナ自身のことは勿論嫌いではない。食べ終わっても直ぐ帰ろうとは思わず、そこに寝そべった。部屋の中からルシルの匂いがする。先程まで居たような残り香だ。彼女がここに出入りしているのは知っている。

『あの子どう？　毎日遊びに来てるんでしょ？』

訊いても答えがないことは承知している。ただの独り言である。マカロンは首を伸ばして部屋の中を覗いた。そのとき。

「いいお嬢さんよ。仕事で来ていることを弁《わきま》えてくれる、とってもいい方」

『……………』

マカロンは唖然《あぜん》とした。次の瞬間、全身の毛が逆立つ。返ってきた。しかも質問に応える内容で、的確に。今の今まで、普通で何の変哲もないおばあちゃんだと思っていたエレーナが突然異様な存在に見えた。

「あ、喋ってしまったわ」とケロリとして口元を押さえるエレーナに、マカロンは警戒を強める。

『何者なの！』

シャアアと鳴くマカロン。エレーナは「あらあら」と困った様子でまた手を伸ばした。

『触らないで！』

俊敏に窓から降り、マカロンは一目散に庭を横切った。報告しなければ。背後を気にしながら全速力で駆ける。幸い、後ろからエレーナが追ってくることはなかった。

「行っちゃったわ……」

寂しそうな声が、空っ風に消える。お気に入りだった猫は、もう帰ってこないと思った。

◆

「……十六時」

リビングに降りてきたフィリスは時計を見て呟《つぶや》いた。

普段より少しばかり帰りが遅い。大方買い物に寄っているのだろう。ついでに、という意見について異論はない。手伝いに行き始めた彼女は最近はこうしてよく帰りに店を回る。出かけて戻るまで、移動の時間を含めても三時間は超える。

まだか。

事情は分かっているのに、そう思う自分が居ることに驚く。ルシルが居ないリビング。降りてきたはいいが、手持ち無沙汰である。ソファで寝るのは、気分ではなかった。庭を眺め、何か干してあるかを確かめる。ルシルの靴下が二足と、タオルが二枚干されていた。

「……」

庭に出て、干してあるものに触れる。しっかり乾いていた。迷わず竿《さお》から外し、それらを持って家に入る。戸を閉めようとしたところで、小さな足音に気が付いた。人間ではない。ソファに靴下とタオルを置くと、ガラス戸を開けて来訪者を待った。

『先生ー！』

駆けてくるのは、ルシルが「マカロンさん」と呼ぶ馴染みの猫だった。

買い物を済ませた夕暮れの帰り道。ちょっぴり感傷的になってしまう空の色を背負って歩く。しかし心持ちは明るい。はっきりした影を踏みながら、足取り軽く森に入った。

というのも。何と、今日お家を訪ねたら、ついにあの雑然とした家の玄関が少し綺麗になっていたのだ。それだけだったら「ようやく重い腰を上げたのかな」でおしまいなのだが、バーレイさんにそれとなく尋ねてみたら何と何と「誰か来るかもしれないし」と言ったのだ。

内心で「あれ？　私は？」と思ったのは口に出さないでおく代わりに、ぺしぺしとバーレイさんの肩を叩いた。案の定煩がられたが、私は嬉しくてにやにやしてしまった。

出がけに先生に心配されてしまったので、帰ったらいい顔を見せたい。取り繕う必要なく、自然に笑顔が浮かぶ。早く先生に会いたい気持ちが足を速め、小走りで森を抜けた。

オレンジに照らされる我が家。私は元気良く「ただいま戻りました！」とドアを開き――固まった。

「…………」

「……あら……？」

大層お天気が悪い感じの先生が玄関の壁に寄りかかり、剣呑《けんのん》な眼差しをこちらに向けている。明らかに何かあった。

「にゃあん」

「!?」

壁に寄り立つ先生の足元にどうしてかマカロンさんまで居た。ただならぬ状況に、何かあったどころではないのでは、と足が竦んだ。

青くなって口を開けている私に、先生は「荷物を置いてソファへ」と言い、壁に預けた肩を起点にしてゴロリと身を返すとリビングへ消えた。マカロンさんも続く。

（え――――!?）

狼狽《うろた》えながら靴を脱ぎ、買い物袋をひとまずテーブルに置いた。食料庫へ仕舞《しま》うのは後回しだ。

先生の座るソファの向こう、ガラス戸の端にタオルが落ちている。あそこにタオルを置いた覚えはない。小さいけれど、くっきりと足跡が付いていた。マカロンさんが家に上がるときに足を拭いたものと思われる。先生の土足厳禁が徹底された証拠だ。

「い、いかがいたしましたでしょうか」

恐る恐るソファに腰かけると、先生と一匹が揃って私を見ている。凄みのある一人と一匹。迫力で既に負けている。

「君の通っている家だが」

「は、はい」

『魔法使いの家よ！』

勢い良くマカロンさんが鳴く。

『アタシ聞いたのよ！　あのおばあちゃんが私の質問に答えたのを！　今まで猫の言葉が分かるの隠していたんだわ！』

興奮してにゃあにゃあと鳴くマカロンさんの目の前に先生が手をかざす。落ち着きなさい、という意図が伝わったのか、マカロンさんは「フーッ」と毛を立てて息を吐く。

一方、悲しいことに猫語が解せない私は目を白黒とさせるしかなかった。「あのう」と小さく挙手すると、先生が訳す。

「彼らが、魔法使いではないかと言っている」

「え!?」

私は身を乗り出した。

「またですか！」

口を衝《つ》いて正直な感想が飛び出た。

「また、だ」

先生は「自分のせいではない」と視線を逸らす。私は慌てて「勿論です」と応じた。

(それにしても、え？　嘘《うそ》？)

先生を始めとして、既に数名の魔法使いにお目にかかっている。その辺を歩いている人を見て「この人魔法使いかも」と疑ったり、「庭のトマトの実が少ない。魔法をかけられているかも」と怪しむ感性はないが、魔法使いの存在を聞いてそこまで肝をつぶすことはなくなった。

だから、今の私としては、どうしてあの二人が魔法使いだと分かったのか、何故《なぜ》そう思うのかが気になるところで。

(私には全然分からなかった)

私にとっての彼らは、かつてトレジャーハントを生業にしていたおばあちゃんとお菓子作りの好きな孫なのである。家庭に複雑な事情がありそうだとは思ったけれど、それと彼らが魔法使いなのは関係があるとは露程も思わなかった。

「どうして分かったのでしょう」

「猫の言葉を理解したそうだ。それよりも」

「それよりも？」

それより大事なことがあるだろうか。私はまだ何かあるのかと目を瞬かせる。先程まで興奮していたマカロンさんも「へ？」と顔を上げていた。

「君のしている『手伝い』とは、何だ？」

「…………え？」

先生の鋭い視線が私を射貫《いぬ》く。その目に自由を奪われたように、私は固まり、言葉を詰まらせた。そして胸に覚える「しまった」という感覚。

（た、大変だ……）

私は今、大変重要なことを失念していたと気が付いた。仕事として「話し相手」をしていることをお伝えしていなかった。今更ながら、もしかしたらマズイことになったのでは、と背中がひやりとする。

（「話し相手」を仕事だと納得してもらえるだろうか……）

私はどう説明しようかと、心の中で頭を抱えた。繰り返すが、先生が家政婦に対して求める仕事は家の管理だけだった。自分の相手をさせるなんて申し出られてもお断り。何なら最初の最初に「余計なこと」をしないように釘《くぎ》を刺されている。

（ででででも、お話し相手を求めるお家だってあるし）

世間ではそういうことは珍しくない、という自分の理解に励まされ、私は依然として厳しい表情の先生に向かって口を開いた。

「お伝えしておらず、申し訳ありませんでした。エレーナさんのお話し相手を務めております」

「話し相手」

返ってきた声のトーンが異様に低い。

「私は君がここと同様、不便をしている家に手伝いに行っていると承知していた」

報告連絡相談の手落ちである。私は深々と頭を下げてもう一度「すみません」と謝った。

「君から謝罪を求めているのではない。君が話し相手として雇われていることに疑問があるだけだ」

「あ、あの。使用人を雇われる家の中には、話し相手を務めとして乞われるところもありまして」

「知っている」

知っていた。私は口を噤む。先生は仕事としての話し相手に理解がない訳ではないらしい。ただ、先生には不要なサービスではあっただけで。

(では一体何故先生は)

「何故君が」

先生の発言と思考が被る。

「何故、君が。ということが理解できない」

「それは、ジュノさんが……」

「そう話を君に持ってきたのは彼であって、君を選んだのは越してきた彼らではない。君をきっかけに街の人間と、ということでもないのだろう？　家の中も越してきてから変わらないのなら、君である必要はあるのか」

先生が傍《かたわ》らに佇《たたず》むマカロンさんへ視線を遣る。マカロンさんは先生の並べた事実に対して「そうです」と言うように小さく鳴いた。

「街の暮らしに慣れる、とは。君がそもそもあの家に呼ばれている意義が見当たらない」

「…………」

本音を言うなら「ですよねえ」と同意を示したかった。エレーナさんとバーレイさんへ抱く親しみとは話を別にして。薄ぼんやり思っていた私の疑問をピンポイントで突いてくるとは、流石《さすが》先生だ。

「あ、あのでもきっとご事情が」

どんなご事情だ。言いながら自分で突っ込んだ。そのご事情が分からなくて悩んでいたのはどこの誰かではなく私である。素直に先生に同意すれば良かったのに、たとえ奇妙でも楽しく彼らと過ごした時間が、彼らを擁護するよう私を動かした。

「…………」

たっぷり十数秒、先生は私をジッと眺めた。そして。

「君に尋ねるべきことではなかった。失礼」

「……」

先生はソファから腰を上げた。

（そ、その通りなのだけど。エレーナさんとバーレイさんの事情を知っているのは彼らしか居ないのだけれど）

先生のすっぱりとした言い方がサクッと胸に刺さった。言葉を失って肩を落とす私と、階段へ向かって歩いていく先生を見て、マカロンさんが困ったように足踏みしている。マカロンさんが気を揉んでは悪いと思い「大丈夫です」と力なく笑いかけると、階段の上の方で足音が止まった。私とマカロンさんは揃って顔を上げる。

「明日行って話す」

「「……」」

どこへ。誰と。いや答えはひとつしかない。明日、先生が私と共にお宅へお邪魔して真意を先方に問うということだ。

同じ考えに至ったのだろうか、マカロンさんと互いに険しくなった顔で見つめ合った。一体どうなってしまうのだろう。

先生がご機嫌斜めなことも含め、今夜から明日への不安に押しつぶされそうになった私は、マカロンさんへのお願いを口にした。

「今日、泊まっていかれませんか……」

『い、嫌よ……』


次の日は大変爽やかな快晴だった。そんな清々《すがすが》しさとは反対に。

「にゃあー」

足元を歩くマカロンさんが「大丈夫か」と言わんばかりに鳴いた。結局激しい葛藤の末、家で一泊してくれたマカロンさん。彼女が居てくれたおかげで、家の雰囲気が大分和んだ。私がしきりに「美味しいですか？」などと話しかけていたからでもある。

私たちの少し後ろを先生がついてくる。両手をポケットに突っ込んで何事もない顔で歩いているが、やる気満々なのを知っている。私がいつもの時間通りに身支度を整えた頃には既に先生は玄関に居た。

チラと振り向くと、先生は空を眺めていた。その表情からは、何も読み取ることができなかった。

そんな私たち一行を出迎えたのは頭に三角頭巾を被り、はたきを持ったバーレイさんだった。彼はドアを開けて「……は？」と一瞬固まり、来訪者が私だけでないのに気が付くと、途端に赤くなって頭巾を髪の毛ごと毟《むし》るように取り去り、背中に隠した。凄い顔で睨まれたけれど、不可抗力だ。

「〜〜〜〜！」

バーレイさんは三角巾姿を見られたのが余程恥ずかしかったのか、挨拶もなしに足音を立てて奥の部屋へ消えた。大声で「ばあちゃん！」と叫んでいる。そして今度は私たちに向けて「入れ！」

と荒々しくご案内してくれた。お言葉に甘え、私たちはお宅へ上がらせてもらった。バーレイさんの姿はもう既に見えない。別の部屋に引っ込んでしまったのだろうか。

「こんにちは」

「いらっしゃい。今日はお客さんが多いのね。あら、その猫ちゃん……」

エレーナさんは私、先生、そしてマカロンさんを見て何かに気が付いたように目を瞬いた。そして今度は真実を見抜くような目で私たちを眺める。

「ご用件がおありのようね。どうぞ、お掛けになってください」

エレーナさんは先生に椅子を勧めたが、先生は素っ気なく「結構」と断った。エレーナさんは「あら」と首を傾げる。部屋の空気がピリピリし出し、私の胃はキリキリし始めた。

「ではお名前をお聞かせいただけます？　私はエレーナ・ブルームと申します」

「フィリスと言う」

先生が名乗った瞬間、エレーナさんの顔が固まった。目を大きく見開き、明らかに驚いている。そして動揺を見せながら「フィリス、とおっしゃって？　あなたが？」と確認する。

「そう言っている」

先生が煩わしそうに頷くと、エレーナさんは顔を背けてため息を吐いた。

「驚いた。まさかこちらにいらっしゃるなんて。動物たちが先生と呼んでいるのはあなただったのね」

エレーナさんの言葉に驚いたのは私だ。どうして魔法使いの人々は誰も彼もが先生のことを知っているのだろう。私が密《ひそ》かに瞠目《どうもく》していると、エレーナさんは表情をガラリと変えて、威厳たっぷりに先生を見据えた。

「で、どうしてあなたが彼女と一緒においでになったの？　どういったご関係？」

私が「あ」と口を開けたときにはもう遅く、先生が間髪容《い》れずに答えていた。

「彼女の伴侶だ」

「ッ!?」

「え」

『やったわ！』

——は　ん　り　ょ　！

一瞬で爆発するかと思った。先生の口から聞いたことのない単語が飛び出した。顔がどんどん熱くなるし、目の前がチカチカする。大事な話がいざ始まろうというのに、しおしおと両手で顔を隠してしまった。脈の音が煩いし、耳まで遠くなったように、先生とエレーナさんの会話が聞き取りにくい。マカロンさんが私の足をカリカリしているのだけは分かった。

「……あなたが？　彼女の？」

エレーナさんの声が冷たい。更に冷たく「そう言っている」と繰り返すのは先生。おかしい、部屋の中はストーブで暖かくしてあるのに、寒い。

エレーナさんの冷たい視線が私に投げられる。

「……娘のよう、と思っていたのだけれど」

「え？」

彼女は小さな声で何か言ったが、私の耳には届かなかった。もう一度、とお願いする前にエレーナさんは先生に顔を向けてしまう。

「それで？　いらっしゃったご用件は？　私が魔法使いだと分かってご心配になったの？」

「そちらが魔法使いかどうかは関係ない。何故、街の暮らしに慣れるという方便を使って話し相手を雇う必要があるのかと訊きに来た」

「方便だなんて失礼では？」

「街に馴染もうという意志があるのなら撤回しよう」

ビリビリと緊張が走る。何だか私が口を挟めるような余地がない。格上の人々が持ちうる迫力を全面に出して喋っている、そんな感じだった。

エレーナさんは、はあ、と大きくため息を吐き、私を見た。温度の感じられない冷たい目で。いつもの温かさはどこに行ってしまったのだろう。

「街の人と関係を持たない理由は簡単よ。直ぐに引っ越すから。それでもね、お分かりいただけるか分からないけれど、お話し相手は欲しいのよ」

「だから人を雇うのか」

「そう。お金の関係であれば、お互いサッパリとしていられますからね」

先生は顔をしかめた。エレーナさんはまた笑う。

「ご不満そうだわ」

「彼女以外でも務まるだろう」

「……はあ。仕方ないわね。ルシルさん」

唐突に名を呼ばれ、「はい！」と思わず高い声が出る。彼女は私に手招きした。私は先生を気にしながら固い動きで近寄る。

「あなたとの大事な時間を私が買うのが気に入らないそうだわ」

「へ」

「あなたが彼とギクシャクしては心が痛いので」

「え、え」

エレーナさんは「今までありがとう」と言い、片手で私の手を取ると、足元に置いていたバッグから封筒を取り出し、私の手に握らせた。

「お給金よ。どうぞ」

「え、えええ」

戸惑う私にエレーナさんは笑いかける。本心の読み取れない、綺麗な微笑みだ。同時に、背後でそれはそれは深いため息が聞こえた。

(先生)

ぎぎ、と後ろを首だけで振り返ると、不機嫌と辟易《へきえき》を足して二乗したような雰囲気の先生。珍しくもやもやした表情をしていた。

「彼女の意志があるなら、止めることはしない。聞くべきことは聞いた。失礼する」

(せ、先生……!?)

先生はさっさと部屋を出ていってしまった。そして家のドアが開閉する音が聞こえる。エレーナさんに手を取られたままの私は、呆然として立ち尽くした。

最近少々その影を潜めていたが、元々気難しい人だということは知っている。不機嫌を隠さない人だということも。そういう先生なので、相手に対してとてもとても厳しい態度を取ることもあるし、突き放すことだってある。しかし。

(先生のご様子が、いつもと違ったような……!)

相手と相容れなかった場合の先生の行動としては、些か物足りないような感触だった。大抵の場合、相手が「ぐっ」となるところまで言い切るのが先生だ。

どうしようか。エレーナさんの手を振り払って追いかけようかと考えたとき。

「まだお若いわねえ」

「へ!?」

予想だにしない言葉に、変な声を出してしまった。そして思わず尋ねてしまう。

「エ、エレーナさん、先生よりも年上なんですか!?」

「そうだと思うわ。多分」

「…………」

先生の年が分からない以上、エレーナさんがいくつなのか私には推察もできない。ただただ言葉を失って、目の前のご婦人をしげしげと眺めた。私の不躾《ぶしつけ》な視線を、エレーナさんは「そんなタチヨタカみたいなお顔をして」とクスクス笑って跳ね返す。

「何ですかタチヨタカって……」

「鳥よ」

さっきまでの緊迫感ビリビリの空気は彼女の笑い声で一気に緩み、気が抜けてしまった。いつの間にか、手は自由になっている。しかし先生を追いかけようにももう行ってしまっただろう。

「バーレイもあれでもう大きいですからね」

（バーレイさん！）

そうだ。彼も魔法使いである以上、てっきり年下かと思いきや私よりも遥《はる》かにとんでもなく年上である可能性が濃厚になった。

「あの子は確か八十九だったかしら」

「はちじゅうきゅう」

イーダさんよりも年下なんですね、という感想しか出てこない。この件に関しては受け入れるしかないのだ。私はこめかみを押さえながら「お二人も協会の方なんですか」と尋ねる。すると、エレーナさんはキョトンとした。

「ルシルさん、協会のことまでご存じなの？」

「あの、はい。色々ありまして」

「そう……あなたも大変ということねえ」

エレーナさんは気の毒がるように呟いた。

「……私たちは協会には入っていませんよ。発足前から他の魔法使いとは疎遠です」

内心で「そうなんだ」と少し驚いた。イーダさんから大多数は入るものだと聞いていたからだ。むしろ入らなくては生き辛《づら》いと。

「魔法使いと相容れず。ずっと魔法を使わない方々に紛れて生きています。でも元々は種族関係なく皆一緒に生きていたのですよ」

「え、そうなのですか」

「あるときから共生が難しくなって……魔法使いは魔法使いだけ、人は人だけの暮らしがいいと。争いになって仕方がなかったので」

一体どのくらい前の話なのだろうか。皆目見当も付かないが、イーダさんと出会ったばかりの頃、そんなような話を聞いたことがあるような気もする。魔法使い狩りだの、専用の監獄だのと。

（あれ？　でも争いになるなら、エレーナさんたち魔法使いが普通の人と生きるのも難しいのでは？）

私の疑問を察したのか、エレーナさんは苦笑いを浮かべた。

「私たちは魔法使いだと知られないように暮らしているの。今回はフィリスさんやあなたが居てバレてしまったけれど。ここは特殊な街ね」

「あ……成程。あの、はい。私は全然気が付きませんでした」

「ふふ。でもね、十年も居てご覧なさい。あなたもきっと妙に思うわ。バーレイが変わらないことを」

私は目を点にした。直ぐに言葉が出なかった。

（ああ、確かに。彼が十年後もあの容姿だったら、魔法使いかもと閃《ひらめ》くかはさておき、不思議には思うかも）

「気味悪く思うかもしれないわね」

自嘲する彼女に、反射的に「そんなこと！」と返す。しかしエレーナさんは首を緩く横に振る。

その仕草に、胸がズキンとした。

（過去に気味悪がられたことがある、ということかな……）

想像して気持ちが暗くなるのと同時に、心の中で「ああそうか」と腑《ふ》に落ちる。これが、彼女たちが各地を転々としている理由だ。

「ここも、離れてしまうのですか？」

「そうね。その内。五年、いえ少なくとも三年は居るつもりですけど」

「誰とも関わらず？」

「あなたに来ていただけなくなってしまいましたからね。どうしようかしら」

「…………」

無意識に愁眉が寄る。何か言いたいし、いい案はないかと考えるのだが、残念なことに何も出ない。胸の内には靄《もや》が掛かり、何ともスッキリしない。彼女は人の中で生きながら、人に全く期待しない生き方をしているのだ。それなのに話し相手を欲するのだから、こちらだって諦め切れないではないか。歯がゆくて寂しい気持ちが迸《ほとばし》り、何か口にしようと唇を開けたが、何も言葉は紡げず、また閉じた。

「ねえ、教えてくださる？」

「……？」

私の困り顔を前に、エレーナさんが薄く笑う。確かに笑っているのに、その瞳を見ると背筋に寒気が走った。

「魔法使いを伴侶にして、あなたはどんな気持ち？」

「ご質問の意味が……」

分からない。どういう答えを求められているのかも、どうして今彼女がそんな質問をしたのかも。

エレーナさんは「失礼」と断り、言い方を変えて再度私に問いかける。

「あなたは彼のことをどう思ってるの。あなたが魔法使いの彼とどうやって暮らしてらっしゃるのか聞かせて？」

魔法使いと普通の人。彼女が敬遠する暮らしを営んでいる私たち。どう答えたら彼女が満足なのかはサッパリ分からない。分からないからこそ、正直に答えた方がいい気がした。

「わ——私は」

言《い》い淀《よど》み、時折言葉を途切れさせながら私は言葉を紡ぐ。

「私は、あの方をお慕いしています。その人となりに惹《ひ》かれました」

「仲良しね。古いお付き合いなの？」

「いえ、あのまだ一年と少しです……」

「あら」

「なのであの、至らなくて私がひとりで日々翻弄されて……」

「そう」とエレーナさんの目が細められる。段々恥ずかしくなってきたので、ここらで締《し》め括《くく》ろう。

「毎日一緒に過ごせて、その、幸せだと……」

途端にエレーナさんの目が冷たく光った。その瞬間、体の中心を握られたような感覚に襲われる。苦しさで体を少し折ったが、エレーナさんから目を離せなかった。そんな私に淡々と彼女は言う。

「あなたは一生幸せかもしれないわね」

（ああ……）

「あなたは」が僅かに強調された彼女の言葉が、私たちの種族の違いを指していることは明らかだった。

「気楽で羨ましいと思うわ。置いていく方はいいわね」

独り言のように彼女は言う。しかしその一言は確かに私の胸を刺した。細長い針が、ぶつりと音を立てて心臓を貫いたかのように。

うんでもすんでも言うべきなのだろうが、言葉が出なかった。

（普通の人と関わる魔法使いが思うこと……）

先生は私に対しても街の人に対しても、何も言わない。それは言う必要がないからではなく、先生がそう思っていないから。しかし。

（そっか、そういう風に思うのですね）

彼女の言葉が心を陰らせる。寿命の差は私が決めたことではないし、誰にもどうしようもないことだと分かっているのに、身勝手な存在のように言われ、何だか気持ちが下を向く。

「あら、ごめんなさい。悪く言うつもりはなかったのよ。嫌ね、年を取るといびるような言い方になって」

「いえ……そんなことは」

「またどうかいらしてね」

エレーナさんはいつもの優しい顔に戻り、眉を下げて微笑んだ。顔を見せに来るのはやぶさかではない。しかし、何とも釈然としない気持ちが私の中で渦を巻く。来てほしいと言いながら、数年後には去ってしまうつもりなのだ。それこそ私からしたら、何て寂しいことをするのだ、と言いたい。

エレーナさんは私の気持ちを察してか、念押すように「ね？」と繰り返す。私は渋々頷いた。彼女は「よかった」と笑い、「あら」と窓の外を見た。

エレーナさんが「雨だわ」と顔を曇らせる。窓ガラスに細かい雨の雫《しずく》が点々と付いていた。まだそこまで激しく降っているのではなさそうだったが、雨空を見て、私の心が一層沈んだ。

「バーレイ、ルシルさんに傘をお貸しして」

エレーナさんの言葉で、バーレイさんがいつの間にか隣接する部屋のキッチンに居たことを知る。話を聞いている途中、物音ひとつしなかった。ずっと静かに佇んでいたのだろうか。

「あなたを濡《ぬ》らしてお帰しする訳にはいきませんから」

「またね」と言ってエレーナさんは軽く手を振る。私はどういう顔を彼女に向けたらよいのか分からなかった。

部屋を出て玄関へ向かうと、そこでバーレイさんが「ん」と言って傘を突き出してきた。小さくお礼を言い、それを受け取る。

「二本しかないから。ちゃんと返せよ」

「勿論です」

「……」

「…………」

帰るとも言えず、また帰れとも言われず。私たちは暗い玄関で言葉なく立ち尽くす。

「俺。ばあちゃんの言うこと、あんま納得してない。でも俺にはばあちゃんしかいないから。納得はしてないけど、結構言うこと聞いてるつもり」

「そうみたいですね」

「割り切れないなら仲良くするな、とか。何でも魔法を使わずにやれ、とか」

ああ、それもあったのかと大いに納得した。魔法使いだと知られてはならないのだから、魔法を使うなとは当然のお達しである。今回魔法使いだと露見してしまったのは、先生が居たから。余所の街だったら、たとえ動物と会話しようとも不思議に見える可能性はあるが、魔法使いだとは思われないだろう。

「……ばあちゃんが人に事情話してるの、初めて聞いた」

「え」

「魔法使いと暮らしてる奴《やつ》も、初めて見た」

「……」

「じゃあな」

優しく、錆《さ》びついたような声が私を外へ追いやった。軒下から見た街は、ザアザアと雨に包まれて灰色に煙《けぶ》っていた。

足音を立てながら水たまりを可能な限り避け、家に向かう。時間的にも天気的にも、空は暗く、視界が悪い。森の中は一層光がなく、手元に灯りがないことがとても心許《こころもと》なかった。

(先生、どうしてるかな)

ギュッと傘の柄を握ったとき、風で木の葉が揺れ、頭上から大量の水が滝のように降ってきた。葉に溜《た》まっていた雨が一挙に地面に向かって落ちる。傘が破れてしまうのではないかと思う程の重さと衝撃。

「わあああああ」

身を縮こめて傘に隠れる。しかしその水量の多さと勢いの激しさで、傘の横から或いは足元から水が盛大にかかる。濡らしては帰せぬというエレーナさんの気遣いは空《むな》しく、私はずぶ濡れになった。

「はあ……」

木の葉からの雨粒落下が終息し、ようやく足を踏み出す。地面がぬかるんでいるので歩みは慎重になり、歩幅が自然と狭くなる。家はまだ先である。帰り着けるのはいつになることかとうんざりした。

ぐちゃ、ばちゃ、と歩き続ける。木々に覆われた森は雨そのものだけは多少防いでくれるが、暗く、寒い。葉の屋根を打ち付ける雨音に心細くなる。

（先生……）

心の中で先生を呼ぶ。出口はまだかと顔を上げると、前方に光がちらついた。何の光だろうか。家の灯りではない。足を止め、正体を確かめようと立ち止まって目を凝らした。小さな灯りは強まったり弱まったりしながら段々と近付いてくるようだった。

「……ランタン？」

優しい光に見覚えがある。あれがランタンだとしたら。道の先には家しかないし、こんな時間に加え、この天気だ。携えてくる人は一人しか居ない。

「先生!?」

雨音に負けない声で呼ぶ。足元に気を配りながらできるだけ早く歩き、向かってくる灯りを夢中になって目指した。そして。

「……先生」

ランタンの灯りが先生を照らす。現れたのは、傘を差し、その腕にもう一本私のためと思われる傘をかけ、反対の手にランタンを持った先生だった。先生はランタンを前へかざすと、傘の天辺《てっぺん》から足のつま先まで、ずいっと私を眺めた。

「寒かろう」

「ックシュン」

不本意ながらくしゃみで返事をしてしまう。「大丈夫です」と言おうとしたが、信憑性《しんぴょうせい》がなくなってしまった。

先生は案じるように眉を寄せ、「早く帰ろう」と来た道をくるりと向く。

「あの……」

口にしかけた言葉は雨に消えた。

(迎えに来てくださったのですか、なんて)

訊く必要はない。傘二本、ランタン。それだけで分かるのだから。口にすべきことは他にある。

先生の隣に並ぶと、ランタンは私の足元に向けられた。その自然な気遣いに切ない程の感謝が込み上げた。

「ありがとう、ございます」

雨音に消されないよう、先生の目を見て言った。紫色の瞳がゆっくりと瞬く。歩き出した私たちの傘の縁からぽたぽたと銀色に光る雫が落ちる。

「礼を言われる身ではない」

「え?」

キョトンとした私に対して、先生は難しい面持ちになった。

「雨が降ると分かっていた。君は傘を持たぬのだから、置いていくべきではなかった」

(あ、エレーナさんの家で?)

すっかり頭の中が彼らのセンセーショナルな事情でいっぱいになっていたし、あの状況を「置い

ていかれた」とは認識していなかった。私はどうも気にしているらしい先生に「思ってもみませんでした」と正直に伝えた。

先生は私から視線を外し、前を見る。先生の吐く白い息に気を取られ、雨音も足音もあまり耳に入らない。

「……揶揄《やゆ》により、恥を知った」

（…………恥？）

どういう意味か、訊いてもいいだろうか。先生が何かを悔いたらしい、ということだけは理解できたが情報が足りな過ぎて具体的なことが何ひとつ分からない。分からないことは訊く。私に関わることであるなら尚更《なおさら》。

「あの……」

出した足が、水たまりを踏む。森に呑《の》まれるように、私たちは奥へと消えた。

浴室の中を温かい湯気が立ち上る。たっぷりとしたお湯に肩まで浸《つ》かり、凍ったような体がじゅわわと溶けていく。

「はあああああ……」

気持ちがいい。浴槽の縁に首を任せ、天井を仰いだ。白いタイルの浴室に白い湯気が満ちている。雨に濡れた髪も体も綺麗サッパリ。石鹸《せっけん》の好《い》い香りが心を癒《いや》した。

家に着くなり、先生にお風呂に入るように促された。いつもは先生の後に入るので不思議な気分だ。後を気にせず温まってくることを約束させられたので、甘えようと思う。お風呂から出てくしゃみをするようでは、また先生が心配してしまうだろう。

ズルズルと身を沈ませ、口元までお湯に沈む。外ではまだ雨が降っている。耳を澄ませると雨音が聞こえる。目を閉じれば、まだ雨の中に居るような感覚がした。そうしていると、帰り道、先生と話したことが蘇《よみがえ》ってきた。落ち着いていた胸の内がまたソワソワとし始めてしまった。

――暗い森の中、ランタンの灯りだけを頼りに私は先生を見ていた。ランタンは主に足元を照らしており、その光はさして強くない。前を向く先生の横顔がぼんやりと闇に浮かぶ。私が話の続きを求めると、先生は言葉を練るようにしばし黙り、やがてポツリポツリと語り出した。

「君の意志を無視して、己の主張のみを通そうとしたことを詫びなくてはならない」

「……？」

詫びられる側の心の準備が整っていない。雰囲気からして先生的には深刻な問題らしいのだが、私の方に謝られる覚えがない。思い切り「何のことでしょう」という顔をしてしまった。先生は前を向いたままだったけれど私の気配を察したらしく、「そうか」と呟いた。

「要は。他人との金銭のやり取りにより君の時間を奪われることに納得がいかなかった、ということだ」

「働く、ということにご反対でしたか？」

「そうではない。君の仕事が頼りになることは身を以て知っている。他者が困り必要としているのに君が応えようというのなら止める理由はない」

「が――」と先生は言葉を切り、ようやくこちらに視線を移した。

「話し相手ならば君でなくてもいいだろう、と」

（そういえば……）

エレーナさんのお家でも先生は同じことを言っていた。それで、エレーナさんは諦めて私にお給金を……。

「ん？」

疑問が声に出た。あのとき、エレーナさんが折れたようにも見えたけれど、先生は先生であの対応に納得した風ではなかった。むしろ様子がいつもと違うという印象を受けた。

『あなたとの大事な時間を私が買うのが気に入らないそうだわ』

何だろう。この話の行き着く先が微かに見えたような気がした。胸の内がそわっとする。先生は深刻顔で続けた。

「私にとっては君でなくてはならないものが、他人に買われ奪われることが気に入らなかった」

「……!?」

「彼女に対し、己の都合で君の自由を取るなと主張していたが、彼女は私の内を見透かし、私も同じことであると指摘された」

「え、え……」

「だから、君に詫びねば。私も君の意志を確認することなく、己の要求のみにとらわれていたのだから。すまない――」

「あ、あの！」

殆《ほとん》ど無意識に叫んでいた。とてもその謝罪を受け入れることはできない。この件に対して私が「私の意見なしに勝手に決めないで」などと怒っていたならまだしも。私は自身の顔を片手で覆った。

ジュッと音がしそうな程熱い。

（私にとっては君でなくてはならないものが？　他人に買われ奪われることが気に入らなかった？え？　え？　それってそれってもしかして）

まさか、やきもち、というやつでは。俗に言う。噂の。あの。

「……」

頭の中が真っ白になった。脳が空になったような感覚。完全に抜け殻よろしく呆《ほう》けてしまった私を、先生が怪訝《けげん》そうな面持ちで眺めていた。ちょっと気持ちの整理がつかない。何と反応したらよいのか分からない。

「何も気にしてませんよ」と言うのが先生への適切な回答だったかもしれない、と思い付いたのはお風呂のドアが閉まったときだった。

「先生、気の晴れないお顔だったよね……」

浴室に私の声が響く。果たしてやきもちという言葉で片付けてしまってよいのか。先生は私の家族に「縛るようなことはしない」と宣言してくれている。先生はあの言葉を違《たが》えたくはないのだ。私の家族にも、私にも、そして先生自身にも。本当に、何と嬉しいことだろう。

先生が、私の反応が鈍かったのを違う意味に捉えている可能性はとても高い。まさか私が不謹慎にも頬を染めているなんて思いもしないだろう。

「ちゃんとお伝えしなくちゃ」

よいしょと言って浴槽から出る。体は芯まで温まり、ほかほかと湯気を立てていた。

「お先にありがとうございました。せんせ……」

リビングに着いた途端、違和感に気が付く。いい匂いがした。そして目を遣ったダイニングテーブルの上には匂いの元が並んでいた。スープに、お肉のソテーに、根菜のサラダ。どう見ても夕食である。

「えっ……！」

腰を抜かすかと思った。これから夕食を作るから今日だけは定時に間に合わないな、と考えていた。しかし、もうここにそれらがあるということは。

「先生！」

先生はどこだと視線を彷徨《さまよ》わせる。見たところキッチンにもソファにも居ない。それもそのはず。

返事は地下の食料庫からあった。

慌てて食料庫への入り口に四《よ》つん這《ば》いになり、中を覗き込む。先生が果物を手にしているところだった。先生は手にそれぞれリンゴとミカンを持っており、それらを私へ向けてきた。

「え？　あ、ええと、リンゴがいいです……？」

先生は頷くと、ミカンを箱に戻す。そしてリンゴひとつを手に、キッチンへ上がってきた。手際良くリンゴの皮を剝《む》いて六等分にし、お皿に載せた。早い。私より早いかもしれない。啞然としていると、「席へ」と着席を促される。

私がお風呂から出てくる頃合いを見計らって作られたのか、料理はまだ温かそうだ。揃って両手を合わせ、スープを一口。

ジンジャーの利いたキノコのスープ。飲んでいたら更に体がぽかぽかしてきた。

（うわあああん美味しい）

「美味しいです……」

「そうか」

緩み切った顔で感想を伝えると、先生は僅かに安堵した表情を浮かべた。その顔を見たら、何だか胸の中がいっぱいになってしまう。言わなくては、とスプーンを置いた。

「先生。今回のことは私の配慮不足が原因でした。お仕事内容が分かった時点で先生にお伝えしていれば良かったと思っています」

先生は何を考えているか分からない目で、私の話に耳を傾ける。

「至りませんで、申し訳ありませんでした」

「謝る必要はない」

頑として頷かない先生に、私は苦笑して首を横に振った。先生は首を傾げる。

「お互いに謝りたいのは同じですので。ここは引き分けにしてくださいませんか」

「……………」

先生は大きく息を吐く。自分に厳しい人だ。釈然としないのかもしれないけれど、私が譲れない点でもある。お互いに相手の気持ちを汲《く》みたいのだから、先生も私も納得するしかない。先生をジッと見つめていると、かの人はやがて纏う空気を和らげた。

「そうだな」

万事について「相手が」「自分が」と言っていてはキリのないこと。相手を想《おも》うからこそ意見がぶつかることもある。そのときにどうするかを、一緒に考えられる関係で居たい。

微笑み合い、どちらともなくカトラリーに手を伸ばす。「美味しいです、ありがとうございます」と繰り返すと、「そうか」と返ってきた。顔はいつもの無表情に戻っていたけれど、口元を隠す仕草で「照れたんだ」と分かり、私まで赤くなってしまった。

『あなたは一生幸せかもしれないわね』

ふと、脳裏に過るあの言葉。貫かれた心はまだ塞がらないらしい。じわじわと仄暗《ほのぐら》い気持ちが滲まないよう、目の前の幸福に集中した。

次の日の午後。借りた傘を返すためにエレーナさんの家に向かって歩いていると、途中でコルテスさんに出会った。コルテスさんはいつものように朗らかに「こんにちは」と声をかけてくれた。

「いかがですか、ブルームさんのお家。俺もこれからお邪魔しに行くところなんです」

敢《あ》えて「いかがですか」には答えず、私は「あら、ご用事ですか」と質問を返す。コルテスさんは気にする素振りを見せず、「用事、というか」と苦笑いを浮かべた。

「じいちゃんにですねえ」

「ジュノさん？」

「お二人がお困りでないか様子を見てこいと言われて。何でしょうね、じいちゃんがいたく気になるらしくて。先生に似た何かを感じるとか何とか」

「……」

鋭い。私は何かうっかり言ってしまう前にそれ以上の言及を控えた。

「そんな訳ですが、長居するつもりはないので。お顔を見て、ご様子を聞いたら帰ります。お邪魔になってもいけませんし」

子供のように無邪気な顔をされた。私は曖昧に笑い、昨日の雨のことなどを話しながらエレーナさんの家まで連れ立った。

昨日の今日なので若干ドキドキしながらドアノッカーを叩く。中から出てきたのはバーレイさん。私の手にある傘を見ると、「早」と一言。がっかりした気色を感じ取り、「何ですか」と訊けば、ぶっきらぼうに「別に」と返される。そしてバーレイさんは私の隣にいるコルテスさんへ「誰」とまた言葉短く尋ねた。

不愛想にもものともせず、コルテスさんは「ジュノの孫のコルテスと言います」とにこやかに挨拶をした。彼も長年先生と接してきた猛者だ。無愛想への耐性が高い。

「ああ、そう。何か用？　ばあちゃん呼ぶ？」

「いえいえ、ご足労は要りません。お困りごとがないかとじいちゃんが気にしていますので、お節介でご様子を窺いに来ただけです」

親切かつ丁寧なコルテスさんの言葉に、バーレイさんが「う」と言葉を詰まらせた。決して嫌がったり、疎ましがっている風ではない。きっと、嬉しいのだと思う。こうして訪ねて様子を見に来てくれたのだ。わざわざ、という感じを出さないのがコルテスさんの凄いところである。

（見習いたい、あのさりげなさ）

私が密かに感心している横で、バーレイさんは口を尖《とが》らせて「ない」と答える。

（なければ話は終わってしまうし、コルテスさんは帰ってしまう。この貴重なやり取りが、儚《はかな》く風のように通り過ぎてしまう）

バーレイさんの目が「あーあ」と諦めた色を浮かべたのを、私は見てしまった。

（ここは私が……）

私はコルテスさんを手本とし、それとない感じに世間話を始めた。

「コルテスさん、バーレイさんはお菓子を作られるんですよ」

「ええ！　そうなんですか」

「そうなんです、しかもプロ級です」

「ルシルさんもお上手なのに」

「私の出る幕がないんですよ」

コルテスさんは目を瞬かせ、バーレイさんを興味深そうに見る。バーレイさんは気恥ずかしいのか、「い、いや」と目を泳がせた。

「……」

コルテスさんと目が合う。「嫌がっているのではないですよ」と伝えるため、私は首を横に振った。

すると、コルテスさんはパッと眩《まばゆ》い笑顔を浮かべた。

「実は、たまに家で街の人と持ち寄りの食事会をするのですが、皆さん今度いかがですか。いやあルシルさんたちともやりたいなあとずっと思っていたんですよ～」

持ち寄りの食事会。何やら楽しそうな響きではないか。個人的にはとても嬉しい。是非行きたい。先生も一緒に行ってくれるかどうかは帰ってから要相談だ。

「私は喜んでー……」

「……」

大人しいバーレイさんに視線を移すと、案の定固まっていた。揺れる瞳が、その心を表している。

私は固唾を飲んでバーレイさんの反応を見守った。

複雑な事情を持つ彼は果たして。

「……俺たち、を……？　こいつも、一緒？」

(おおおおお？)

もしかしたら断ってしまうかもと思われた彼だったが、何ということだろう。その目が「いいの？」とピュアな輝きを放っているではないか。

(嬉しい……？)

それならば。私はリリアさんと会ったあの日のことを思い出していた。そう。バーレイさんが私に、人と仲良くなってはいけない、と言われていることを漏らしたあの日。バーレイさんはあのとき、エレーナさんの言い付けに従い、せっかく知り合えた彼女と碌《ろく》に話ができなかった。

私は意を決し、コルテスさんにひとつ提案をした。

「あの、もしよかったら、リリアさんもお誘いしてはいかがでしょう。実は先日バーレイさんと一緒に街中でお会いしまして」

人の好いコルテスさんは私の申し出を「そうでしたか！　そうしましょう！」と受け入れる。横目でバーレイさんを見れば頬が赤い。

「お返事は直ぐでなくて結構です。そうですね、とりあえず来週の水曜日の夜などどうでしょうか」

「丁度リリアさんのお店がお休みの日ですね」

「あ、そうでしたね」

善意に満ち満ちているコルテスさんと「丁度良かった」と笑い合う。バーレイさんは私に向かって「よく笑っていられるな」という目をしてきたけれど、話はコルテスさんが帰ってからだ。

「……ばあちゃんに、言っとく」

「よろしくお願いします！」

私がここに残ると思っているコルテスさんは、バーレイさんと私に向かって「では失礼します」と言い、来たときと同様、爽やかに笑いながら去っていった。

バタン、とドアが閉まるや否や、バーレイさんは「おい」と低く私を呼んだ。ひそひそ話すのには理由があるのだろう。私も身を屈めて小さい声で「はい」と応える。

「ど、どどどういうつもりだよ。人まで増やして！　俺たちの事情知ってるくせに！」

明らかに動揺しているバーレイさん。私は「まあまあ」と彼の背を宥めるように叩いた。彼が「行きたい」と思っているのは明らかだったけれど、「行きたいんでしょ」と直接言うのは憚《はばか》られた。行きたいけれど、エレーナさんの手前、相当迷っているからである。

「リリアさんは私やコルテスさんとも仲良しですから。私たちは、何ら問題はありません。私たち、は」

「……私たち、は」

「そうです。私たちは、あなた方がもし断られても楽しくお食事会を開催します」

バーレイさんの顔が歪《ゆが》んだ。気分を害しているのは百も承知だ。それこそが、バーレイさんの素直な気持ち。ここで平気にしていられる人ではなくて良かった、と内心で安心してしまった。

「ご事情は分かっています。来る、来ないの選択はあなた方にしかできません」

バーレイさんは物憂げに眉を寄せて、口を曲げる。

「だから、私も私の選択をしますね。私たちは、あなた方に来ていただきたいと思っていますよ」

「……ルシル」

「では。今日はこれで失礼します。先生に傘をお返しするだけだとお伝えしていますので」

笑いかけると、バーレイさんは難しい顔をしたまま頷いた。玄関を出る私に力なく手を挙げて見送ってくれた。

「さて……」

庭を抜け、門を出たところで家を振り返る。静まり返った、二人だけのお家。この食事会への参加は二人にとって大きな意味を持つだろう。参加したい気持ちのあるバーレイさんが、エレーナさんを説得できるかどうかが鍵だ。魔法使いであることを明かす必要は勿論ない。強要するつもりもない。けれど。せっかくコートデューに住んでいるのに。せっかくいい人たちなのに。せっかく、食事会に行きたい気持ちがあるのに。それを棒に振るのは勿体《もったい》ないことなのではないか、と思うのだ。

　せめて、一度ここでの暮らし方について考えてみるくらい、いいだろう。

「それにしてもコルテスさんはできた人だなあ」

　ブラブラと歩いて家に帰り、先生にコルテスさんから食事会のお誘いを受けたことを報告した。全くかどうかは分からないが、先生に「行きたくない」という気配はなかった。何事もなければ一緒に行ってくれると信じている。

「バーレイさんはいらっしゃるでしょうか。エレーナさんまで、というのは難しいでしょうか」

「年を取ると頭が固くなる」

「……」

　先生の返事はアッサリしたものだった。少々辛辣に聞こえたのは気のせいだろうか。エレーナさんに対し、先日のアレが尾を引いているのかもしれない。

「君は自身の思うことをしたのだろう。後は彼らが考えればよかろう」

　先生は平坦《へいたん》な調子で「君が疲れる」と締め括った。二人を案じる私を案じてくれているらしい。素っ気なく、そして優しいのが先生である。

「そうですね」

　先生の言葉に私は気を入れ替え、当日何を持っていくかを思案することにした。

先生も巻き込み、アレがいい、コレが美味しかったと料理の検討を重ねて迎えた次の週の水曜日。予定変更のお知らせはなかった。街に買い物に出ても、コルテスさんに参加者を尋ねに行くことはしないでおいた。

今日になれば、答えは分かるのだ。私は先生と共に森を抜け、街の通りを行き目的地に到着した。

「こんばんは。お邪魔いたします。本日はお招きいただきありがとうございます」

初めて訪れるコルテスさんのお家。それは商工会から数分のところにあった。入り口に先生と並べば、中からコルテスさんとそのご両親、ジュノさんが嬉しそうに迎えてくれた。

「こちら、ポテトグラタンです。持ってくる間に冷めてしまったので……」

「ありがとうございます！　ストーブの上に載せておきましょうか。うわあルシルさんのご飯、食べてみたかったんですよ～！」

恐縮してしまうようなことを言われながら部屋に案内され、コルテスさんが満面の笑みで「どうぞどうぞ」と椅子を勧めてくれた。家の中は観葉植物の鉢植えが飾られ、窓にはレースのカーテンが掛けられている。音を立てて暖炉の火が爆《は》ぜ、傍の椅子には可愛いクロスステッチのクッション。

(可愛いお家だなあ……)

飾りっ気のある家の中を感心して眺めていると、コルテスさんが「母の趣味です」と教えてくれた。

「素敵ですね。ね、先生」

先生が隣で置物のように座っているので、声をかけてみた。先生は頷くだけかと思いきや「家は君が花を飾る」とぼそりと呟く。あまりにぼそりとしていたので、私にしか聞こえなかった。コルテスさんたちは「何て言ったの？」という顔をしていたが、私からの復唱は差し控えさせていただこう。

「あの、他の方々は」

「ああ、もうすぐいらっしゃるんじゃないですかね。ほら、噂をすれば声が聞こえる」

コルテスさんに倣って窓の外へ意識を向ければ、複数人の声がした。緊張を抑えていた胸がドキリと跳ねる。コルテスさんは小走りで部屋を出た。

トントン、とドアが叩かれ、待ち構えていたコルテスさんが「はーい」と即座にドアを開ける音がした。

「こんばんは〜。お邪魔します！　あ、ルシルちゃんたちもう来てるのね！」

「皆さんお揃いでいらしたんですね〜」

「そうなの。そこでお会いしたのよ」

コルテスさんとリリアさんが喋りながら部屋にやってきた。そして、その後ろには。

「お邪魔いたします」

「……ます」

上品に笑うエレーナさんと、カチコチになったバーレイさん。私は思わず立ち上がった。

「こんばんは」

私たちにしか分からない視線を交わし、気持ちを込めて笑う。

「こんばんは、ルシルさん」

エレーナさんは、眉を下げて微笑んだ。

テーブルの半分はコルテスさんの家族が占め、もう半分は招待を受けた私たちが埋める。先生の席はテーブルの奥の端で、皆を見渡せる。先生から見て左手の並びの手前には私。その隣はリリアさん。先生の右手、つまり私の向かいにはエレーナさんが座り、その横にバーレイさんが落ち着いた。私は斜め向かいからバーレイさんの様子を窺ったが、緊張しているようで表情が固い。コルテスさんのお母さんから給仕を受け、耳を赤くしている。

「可愛いわね～。バーレイ君はいくつなの？」

リリアさんがニコニコして問うと、バーレイさんはボン！　と顔中を真っ赤にした。「あらあら」とリリアさんは笑うが、私はバーレイさんが自身の年齢を公開するのかどうかが気になって仕方がない。耳を澄まし、回ってきたミートローフをエレーナさんと先生に取り分ける。

「あら、ありがとう」

エレーナさんにお皿を渡すと、機嫌の良さそうな笑みが返ってくる。

（何か心配していたより、普通だけど……）

思っているのといつもどこか違うのが彼女であると学んだ。今日来るに至った経緯を知りたいが、まさかこの場では聞けない。おまけに先日あんなに火花を散らし合った先生に「美味しいですわね」と話しかけている。何と肝が据わっていることかと目を見張った。

(二人はどういうスタンスでの参加なんだろう!)

魔法使いだと隠したままの参加なのか、そうでないのか。分からないので迂闊《うかつ》に何か口走らないように気を付けなくては。

私が脳内会議を繰り広げる中、テーブルの斜向《はすむ》かいで動きがあった。顔が真っ赤のバーレイ氏である。

「も、もうすぐ九十歳……」

「ごふ!」

盛大に咽《むせ》た。私がゴッホゴッホと咳《せ》き込む横でリリアさんの「え?」という声が聞こえた。咽ながら見たエレーナさんは、至って普通の顔で微笑んでいる。が、目の奥には冷たい光が宿る。まるで、場がどうなるかを静かに観察しているように。

自分の脈の音が、煩く耳の奥で鳴る。

「……」

一瞬静まり返った部屋の中、一番に聞こえたのは「ほほほ」というとても平和な笑い声。その主はコルテスさんのおじいさん、ジュノさんだった。

「ワシよりも年上でしたか。ほっほ、愉快」

「………」

本人の言う通り、ジュノさんはそれはもう愉快そうだった。ツボに入ったときのコルテスさんみたく、コロコロと笑うおじいちゃん。初めはキョトンとして見ていた周りも、次第に顔を綻ばせる。

「ほほほほ！　そんな子供の見た目で！　ほっほ」

「じ、じいちゃん失礼だよ！」

ジュノさんを諫《いさ》めながら、自身も釣られて笑ってしまうコルテスさん。あまりにおかしそうに笑うジュノさんが面白くて、こちらまで笑いが込み上げてくる。

「……私もよくからかわれたものだ」

ポツリと先生が呟いた。その目はジュノさんを映している。

（昔、昔に。先生もああやって笑われたことがあるのかな）

「……そうでしたね。あの頃は皆そうでしたわ」

エレーナさんの口調は至って穏やかだった。瞳には先の冷たさはない。温かい目で孫のバーレイさんを見ている。

「わ、笑うなよ！　そんなこと言ったら家のばあちゃんなんて……！」

「バーレイ」

エレーナさんの厳しい声が制する。バーレイさんは渋い顔で口を噤んだ。ひとしきり笑ったジュノさんは、朗らかに先生に話しかけた。

「こうして見ても、ワシが子供の頃から全然お変わりありませんな」

「少しは変わろう」

「いやいつもそんなもんですよ先生は」

ジュノさんはまた口ひげを揺らして笑い、先生は僅かに首を捻って肩を竦めた。先生はよくコルテスさんにジュノさんのことを訊く。先生にとって、ジュノさんは気に掛ける存在なのだと気が付いたのは割と最近のこと。

「仲がよろしいのですわね」とエレーナさんが微笑むと、ジュノさんはニコニコと続けた。

「先生のことは子供の頃から知っております。うちの坊主も、ついには孫まで。永くお付き合いいただいて、こんなに嬉しいことはありません」

ジュノさんの言葉にコルテスさんのお父さんと、コルテスさんが頷く。先生は何も言わなかったけれど、ここに居ることが答えの全てだ。きっと、先生が気に掛ける存在は私が思っているより多い。近過ぎず、どちらかというとちょっと遠くから、どれだけ街を見てきたのだろう。

バーレイさんはもう赤くなく、我を忘れたように彼らを眺めていた。

「……別れを恐れるのは、愚かなことかしら」

囁くようにエレーナさんが呟いた。あまりに小さい声だったので、聞こえたのは私と先生だけだった。先生は目を伏せたまま「いや」と答える。

「そんなことは決してあるまい」

低い声が胸に沁《し》み込む。私はどんな顔をしたらよいのか分からなかった。一方、エレーナさんは先生の言葉を聞いて意外なほど穏やかな顔をしていた。

「そうですわね。ここに住むあなたがそうおっしゃるのでしたら……」

エレーナさんは心の底から浮かび上がってきたかのような微笑みを湛え、テーブルに着く皆を見回した。そして、深々と頭を下げる。

「どうか皆様、バーレイとも長いお付き合いをよろしくお願いいたします」

「そんな！　勿論です！　こちらこそ！」

エレーナさんに一番に応えたのはコルテスさんだった。するとバーレイさんがキョトンとした顔でコルテスさんを見る。続いて、リリアさんもジュノさんも喜んで受け入れた。エレーナさんは目元を和らげ「ありがとう」と言う。バーレイさんは顔を赤らめて俯《うつむ》いてしまった。

一見微笑ましい光景だが、私はまだ笑えない。

(……バーレイさんだけではない)

言い方ひとつなのかもしれない。深く考え過ぎなのかもしれない。しかし、私ははっきりさせておきたい。

「エレーナさん、足りません」

エレーナさんは怪訝な様子で眉を下げた。「何が？　どうなさったの？」と心外さを滲ませる声色で私に問う。

「バーレイさんだけではありませんよ。ねえ、皆さん」

「まあ……」

エレーナさんは口元を覆った。私に同意を求められた皆は、一斉にエレーナさんに笑いかける。

「そうですよ、いやそんなの当たり前じゃないですか」

「ルシルさん何を分かり切ったことを」

私はえへへと笑い「すみません」と謝る。軽く笑いながらエレーナさんを視界に入れる。

相容れないと諦めても、割り切った関係でも、人との関わりを捨てきれない彼女。他人に深く踏み入れず、踏み入らせない。その人生に何があったのかは無理に聞くことはできないけれど。

(ここだったら。コートデューの街だったら。心を苛《さいな》むものを和らげる何かが見つかるかもしれない)

「どうかしらね」

私の心を読んだのか。エレーナさんはそう言って私を見た。瞳の奥に何があるのか、彼女は人に悟らせはしない。私たちが二人を受け入れたい気持ちは伝えた。綺麗に笑顔を浮かべる彼女が、それを受け入れたかどうか、その顔を見ただけでは分からない。

(これ以上は、本当にお節介ですね)

私は何も言わずにエレーナさんに頭を下げる。向かいの彼女から、僅かに息が漏れる音が聞こえた。私たちのやり取りを、紫色の瞳がジッと眺めている。

「ルシル」

楽しい食事会を終え、コルテスさんのお家を出た別れ際。バーレイさんが私を呼び留めた。

「……」

「どうしましたか」

声をかけられたはいいが、バーレイさんはもじもじとして中々話し始めない。ぴゅう、と冷たい風が吹いた。ぶるっと体を震わせると、バーレイさんは慌てた様子でキュッと眉を寄せる。

「あの、あ、ああありがとう、な」

「何がですか」

「今日のこと！」

他の人に聞かれるのが嫌なのか、早口なうえ小声だった。聞き取るために、私は彼に身を寄せた。

「だ、だから、その、行きたいって言えたのはお前のおかげっていうか。ばあちゃんもお前のこと気に入ってたから多分折れてくれたんだと」

何だか照れながらお礼を言われると、こそばゆい気持ちになる。

「もっと反対されるかと思った」

「すんなりいったんですか？」

「魔法使いだと表明するならいいって」

「ああ……」

やはり、と思った。彼女は魔法使いだと伝えたときの皆の反応を見ようとしていたのだ。駄目だと判断したら即刻街から出ていくつもりだったのではないだろうか。

(でも、エレーナさんは、「長くよろしく」と)

「……さっき、早く家の中片付けろって言われた」

「あら」

「あれではあなたのお友達が呼べないわよ。そのお子さんも、そのお孫さんも、だってさ」

バーレイさんは苦笑し、私も笑みが漏れる。白い息が夜の中に消えていく。手を振って去るバーレイさんがエレーナさんに腕を差し出すところを見送り、私も先生の下に駆けた。

「お待たせしました」

月明かりに照らされる先生を見上げて微笑む。先生の髪が銀色に煌《きら》めいた。「帰ろう」と私に告げると、先生は息を残してくるりと森を向く。黒の衣に身を包む先生が暗闇に溶け込んでいく。見失わないようにランタンを持って追いかけた。

心許ない程静かで暗い夜の森は、張り詰めたような、キンと冷えた空気で私たちを包む。ランタンがあっても視界は悪い。足元の何かに躓《つまず》くと、先生から無言で手が差し出された。

「……ありがとうございます」

骨張った薄い掌《てのひら》が私の手を覆った。導かれるように歩く。分け合う温度が、やけに熱く感じた。

〔三章〕見守ることで

気が付けば木々はすっかり衣替えを完了し、朝晩以外もはっきりと「寒い」と感じるようになった。温かいものが恋しくなってスープやホットミルクを作っても、たちどころに冷めてしまう恐ろしい季節。

あの食事会があって二週間経《た》った頃、バーレイさんがお茶に誘ってくれた。勇んでお邪魔したお宅は、奮起したバーレイさんにより見違えるように綺麗《きれい》になっていた。塵《ちり》ひとつなく、塗装も塗り直されてピカピカだった。マットも何やらお洒落《しゃれ》なものに変わっており、誰が選んだのかと少し気になった。

やっと家が片付いて、エレーナさんはさぞ喜んでいるだろうと思った。素敵な家の感想を是非伝えようと意気込んだ私だったが、彼女とは短い言葉しか交わすことができなかった。朗らかに挨拶だけして、スッと部屋に引っ込んでしまったのだ。

初めは、「何か部屋でしていることがあるのかな」くらいにしか思わなかった。が、しかし。何回かお邪魔しても彼女は部屋から出てこない。家に居るにもかかわらず、お茶を一緒にはしない。挨拶だけでおしまいである。

バーレイさんは「気にすんな」と言うが、当然気になる。聞けば、私の次の話し相手も雇っていないとのこと。

「どうぞごゆっくり」と部屋のドアを閉められてしまうものだから、こじ開けにいくこともできない。バーレイさんのあっけらかんとした「普通に元気だぞ」という言葉も、どこまで信じていいのやら。何やら変化のあった彼女の様子が摑《つか》めず、どことなく歯がゆい思いに駆られている。

ちなみにお茶の招待は毎回先生と共に受けていたけれど、先生は一緒には行かず。バーレイさんは余程先生にも来てもらいたいのか、訪れたのが私だけだと心外なくらいガッカリされる。ツンツンしている割には、人懐こいことが判明している。

(先生の気が向いたら一緒に行ってくれるでしょう)

そんなことを考えながら、スコップ片手に地面にしゃがむ。

季節柄、畑仕事は減ってきたが、今日は大事な作業の日。土を触るのも少々我慢が要るけれど、我が家の玉ねぎ収穫のためには代えられない。種が順調に育ったので、予定地に植え付けをするのだ。

「ふう、こんなもんかな」

ずらっと並ぶ苗たち。浅植えは加減が難しい。これが全部ちゃんと育てば当分の間、玉ねぎには困らない予定だ。

(要るもんね、玉ねぎは)

何かにつけて玉ねぎは料理に使う。「頑張るんだぞ」と声掛けをし、ふと視線を隣のカブゾーンに移すと、収穫できそうなカブがいくつか見つかった。大きなカブだ。

「今日はトロトロのカブのスープだな」

現場監督の気持ちで畑の前に立ち、ずぼっとひとつ抜いてみた。丸っとした白いいたずらボディ。ごろっと煮込んでもいいけれど、ステーキにもできるサイズ。心の中の現場監督が判断に迷った。

「いーや今日はスープにしよう。ステーキは明日」

初心を貫くことにして、収穫したカブをキッチンへひとまず置きにいく。キッチン横に通じるドアを開けると、丁度先生が降りてきたところだった。私は嬉々《きき》として収穫物を掲げ、本日のメニューをお知らせする。

「楽しみだ」

（ふふ……）

相変わらず本当にそう思っているのか分からない淡々とした調子。疑う必要はないと分かっている。素っ気なくても、答えてくれるのが可愛《かわい》らしく思えて、私は都度どうしてもにやついてしまう。

「明日はステーキにいたします。では私はこれから落ち葉のお掃除に」

上機嫌でまた庭に出ようとすると、背中に「ルシル」と声がかかった。「何でしょう」と振り返ると、先生はこちらにぺたぺたとやってきた。

「背を」

何のことか分からなかったが、とりあえず言われた通り大人しく先生に背を向けた。すると、首元のマフラーがもぞもぞと動く。先生が触れているらしかった。

「解《ほど》けていましたか……？」

「……」

声による応答はない。きっと頷《うなず》いたのだろう。

（子供のような……）

マフラーを巻き直してもらうなんて、小さい子のようだ。きゅっと首元がしっかりマフラーに包まれ、温かくなる。じわじわと居た堪《たま》れなさが私を襲った。

「ありがとうございました」

「緩んでいた」

（直しただけだよ、ということですね……）

何だろう。本当に何だろうなあ、と心の中で額を押さえる。言葉にすればあっさり終わってしまうのが釈然としない。無駄嫌いで合理的な先生だと知っているからこそ参ってしまう。その優しさを優しさだと思っていないのはご本人だけ。

「はあ……好きが募りますねえ……」

ひとり庭で箒《ほうき》に顎を預け、高い空に向かって呟《つぶや》く。鳥が空を回っていたが、聞こえてはいないだろうとぼんやり思った。

それからしばらくして。

「あら、またお誘いが」

バーレイさんから再びお茶のお誘いのお手紙が届いた。これでもう何回目だろう。ずっと禁止されていた交流が解禁され、余程嬉《うれ》しいのだろうか。そう思うと何だかいじらしい。手紙にはやはり私だけでなく、先生にも是非、と書いてあった。前回からそう日も経っていない。先生の答えはきっとまた「いい」だろう。この場合の「いい」は「行くよ」ではなく「遠慮する」という意味である。

せっかくお誘いを受けたのに、と思いもするが、そもそも積極的に誰かとお茶をしながらお喋《しゃべ》りをする人ではない。そんな人に無理強いするのも道理に合わないので、私もしつこく「本当にいいんですか」と訊くことはしない。

会って日の浅いバーレイさんは、その辺の先生の生態がまだ分かっていない。コルテスさん宅の食事会のようにするっと先生が参加するのは毎度ではない。

(このままではお誘いした分だけバーレイさんが断られてしまうなあ……)

自分は断る先生だが、私に対しては「行きたければ行くといい」と言う。ここが私の悩ましいところで。行きたいか行きたくないかと言われれば、行きたい気持ちが勝る。けれど、先生がエレーナさんお話し相手事件（便宜的にそう呼んでいる）を思い返せば、そうしょっちゅう躊躇《ためら》いなくお言葉に甘えて「では行ってきます」と言うのも少々憚《はばか》られる。

（でもなあ。せっかく声をかけてもらっているし、バーレイさんが望むなら今度こそ私が街の人との繋《つな》ぎ役になれる気もするし、エレーナさんの様子も気にかかる……）

どうしたものかと考えながら、魚屋さんで夕飯のお魚を選んでいると、不意にガッと後ろから肩を摑まれた。驚いて「ぎゃ！」と悲鳴を上げて振り返ると、ムッとした顔のバーレイさんが立っている。何てタイミングだ。

「び、びっくりしましたよ」

とりあえず急襲されたことについて控えめに抗議してみた。しかしそれは伝わらなかったようで、バーレイさんは「手紙届いた？」といきなり用件に入る。お店の邪魔になってはいけないので、とりあえずススと道の脇に移動した。

「はい。いただきました」

「先生は」

「うーん、まだお訊きしていませんが……どうでしょう」

私の芳《かんば》しくない返事を聞いたバーレイさんの顔があからさまにつまらなそうになる。どうして彼がそんなに先生にお茶に来てほしいのか不思議になる程に。

「先生にお話ししたいことがあるのですか？」

「そう！」

食い気味にバーレイさんが迫ってきた。どうどう、と手を前に出して距離を取る。

「どういったご用け」

「忙しいの？」

言い終わる前に言葉を被《かぶ》せられる。勢いが凄《すご》い。少し気圧《けお》されながら「はい」と答えた。するとバーレイさんはさも悔しそうに唇を嚙《か》む。一体何がどうしたというのだろう。

（この間の食事会で会ったときには何もなかったのに）

先生よりもむしろ、コルテスさんやリリアさんたちと仲良くなりたそうな雰囲気だった。

「じゃあ、伝言して。っていうか、口利きして」

「へ」

口利きというからには頼みごとの類《たぐい》だと察せられる。身構える私に、バーレイさんはムスッとして言った。

「魔法、教えてほしい」

（そ――）

それは黙っていない人がわんさか居そう。バーレイさんには悪いが、一番に思ったのはそんなことだった。特にあの金髪のお兄さんとか。その上司のお姉さんとか。先生を「フィリス師」と呼ぶ方々は他にもきっと存在する。

（私から先生に頼んだなんてイーダさんに知れたら何てなじられるか分からない……！）

予想される未来に怯《おび》えた。これは是非理由を聞かなくてはならない。というか聞いたまま先生に

「魔法を教えてもらいたいそうです」と言って通るとも思えない。待ったなしで断られそうだ。何せ、先生は普段魔法を使わないのだ。これまでのエレーナさんやバーレイさんとは違った理由で。

「ご事情をお伺いできますか？」

バーレイさんは何の躊躇いも見せなかった。それどころか、「聞いてくれ」と言わんばかりの気迫を感じた。

「俺は――。魔法を使わずに生きてきた。ばあちゃんにそう言われてたから」

「バレちゃいけませんでしたものね」

安易に納得してみた私だったが、途端にバーレイさんに恨めしそうに睨《にら》まれ、そう簡単な話でないことを悟った。

「ばあちゃんは今後も普通の人の中で暮らしていくんだから、魔法よりも他にできることを増やせって言うけど。ばあちゃんはいいよ、自分は使えるんだから」

人付き合いの解禁と同様、魔法を使ってはいけない理由がなくなった今、バーレイさんはこれまで我慢していたものへようやく手を伸ばせる。長い年月の間、溜《た》めに溜めてきた気持ちが表情や声色に滲《にじ》み出《で》ていた。

「でも、俺だって魔法使いなんだ」

バーレイさんの瞳が憂いを帯びて揺れる。

「ガキのときにどっかの魔法使いに馬鹿にされたこと、俺は一生忘れない。いつか見返すってずっと決めてた」

「そこで」と詰め寄られ、咄嗟《とっさ》に一歩退《ひ》いた私の背中が建物の壁に触れる。いつの間にか追い詰められていた。

「今がチャンスなんだ。ばあちゃんに先生が超絶凄い魔法使いだって聞いた。俺はそんなすげー先生に教わりたい」

「な、成程……」

頷きながら、内心大変弱った。想像した以上に事情が重い。魔法使いにしては若年な彼だって、私から見れば九十年分の人生を背負っているという大先輩だ。何十年も想《おも》いを溜めていたのだろう。

「頼んでみます」と口にするのは簡単だが、その熱意を聞いてしまったからこそ、安請け合いできなくなった。

私に仲介を期待するバーレイさんには申し訳ないけれど。

「あの、お話をお伺いしておいて恐縮なのですが……」

「あ？」

お断りの雰囲気を察知したのか、バーレイさんの目が鋭く私に突き刺さる。いやしかし怯《ひる》んではいけない。何故《なぜ》なら。

「ご自身で先生に直接お願いされた方がいいと思いました」

「……」

「大事なお願いですので、ご自身の言葉でお気持ちと共にお伝えしてください」

バーレイさんはぶすっとして黙った。どうしようかな、とその顔を眺めていると。やがて小さな声で「分かった」と返ってくる。私はそっと安堵《あんど》のため息を漏らす。

「いつ会えるの」

「お客さんがみえるときはお昼過ぎが多いです」

バーレイさんはまた「分かった」と繰り返し、「明日行く」と低く呟いた。今度「分かった」と言うのは私の番だった。

「先生にはバーレイさんがいらっしゃることをお伝えしておきますね」

「ん」

さっきまで饒舌《じょうぜつ》だったバーレイさんはいつもの不機嫌そうなバーレイさんに戻った。現金だなと思った次の瞬間。

「時間取ってごめんな」

青年はそう言って私の買い物籠を一瞥《いちべつ》し、身を返す。私が返事をする間もなく、すたすたと歩き去ってしまった。その場には私一人が残される。今のは何だったのかと反芻《はんすう》し、目を瞬いた。あれは所謂《いわゆる》。

「……天邪鬼《あまのじゃく》！」

どんどん遠ざかる背中に向かって放った言葉は当人に届くことなく、雑踏の音に紛れて消えた。

バーレイさんに告げた通り、先生には「バーレイさんがお会いしたいそうです」と知らせるだけに留《とど》めた。先生からの反応は至って普通。軽く頷いただけだった。

（うーん）

その夜、自室のベッドの中で丸くなり一人で緊張を味わう。先生がバーレイさんの申し出を聞いてどんな反応をするかという漠然とした不安が私の神経を刺激し続け、中々寝付けない。ゴロゴロと何度も寝返りを打った。

（……正直、お断りの方かと思ってるけど）

バーレイさんに自分で頼んでみてとは言ったものの。結局、私が間に入るのと同じ結果に終わるかもしれない。

バーレイさんからすれば優秀な人に師事したいと思うのは当然のことではあるけれど、先生からすれば「何故《なぜ》自分が」と思うだろう。傍《そば》にエレーナさんという魔法使いが居るのだから、エレーナさんが教えるべきと考えそうである。

無駄なことはしない先生だ。悩む暇もあるかどうか定かではない。

とはいえ、この世に絶対はないらしいので、私の予想が外れ、先生が了承する可能性は当然ある。

（そうなったらなったで何か起こるかもしれないけど）

バーレイさんのあの真剣な顔が思い出された。きっとこの日を、この機会をずっと待っていたのだろう。叶《かな》うといいですねと思いつつ、叶ったらどういうことになるのか。脳裏に浮かぶイーダさんの顔、その上司のカロー師の顔、エレーナさんの顔。想像していたら、知らない内に瞼《まぶた》が閉じていた。溶けるように意識が遠くなっていく。

明日のことは明日に任せ、ゆっくりと眠りに就いたのだった。


「チョコ！」

「パイ」

次の日。宣言通り太陽が西の方を照らし始めて少しした頃、バーレイさんはやってきた。当然だが連れはおらず彼一人。私が出迎えると、手に提げていた箱を突き出してきたので受け取って開いたら先の通り。美味《おい》しそうなチョコパイが登場した。

先日招待されたお茶会のときもレモンパイをいただいた。お菓子のパターンがまたパイに戻っていることには言及しない方がいいのだろうか、と余計なことを考えながら階上の先生に声をかける。

「お茶を淹《い》れますからどうぞ席に……」

「いい」

「……」

気迫が凄い。既に弟子の顔をしている。誠意とやる気を見せようという意志がビシバシと伝わってきた。立ったまま先生を待つつもりの彼に頑《かたく》なに着席を断られ、仕方がないので私はともかくお茶を淹れようとキッチンへ向かう。

階段を気にすると、まだ影はない。

先生はそのとき向き合っているものに区切りが付かないと、呼んでも中々現れないことがある。相手が慣れっこのコルテスさんだったら、私もあまり気を遣わずにお茶を勧めて間を持たせればいい。けれど慣れない人が来るのは初めてだ。何となく「待たせている」という意識が強く働き、そわそわしてしまった。

(まだかな、まだかな)

一分一秒がとても長く感じた。今日に限って最長記録(二十分)を更新したら流石《さすが》に呼びに行ってもいいだろうかと思っていたところ。ぺたぺたと例の足音が聞こえてきた。

(よかった！　先生！)

階段を降りてくる白い頭の黒い影。先生はリビングに居るバーレイさんを一瞥した後、私の方へ視線を投げた。「今はどういう状況？」と読み取ることができる。

(参りますね)

私はキッチンから飛び出した。改めてバーレイさんを紹介しようとしたのである。しかし、それはバーレイ氏により制された。

青年は私へ向かって掌《てのひら》を突き出し、手助け不要の意を示してきたのである。そして一歩、先生の方へ踏み出した。

「エレーナの孫のバーレイです。今日はお願いがあって来ました」

「……」

先生の目が鋭く光る。あの視線で大体の人はたじろぐものだが、バーレイさんは負けなかった。ガッツがある。

「魔法を教えてください」

「断る」

（……そ、即断！）

どうしようかな、と悩む暇もないお断りだった。見ている私が怯んでしまった。しかしバーレイさんは挫《くじ》けない。大きな思いがあるからだ。

「お願いします。どうしても魔法が使えるようになりたいんです」

「祖母が居るだろう」

（あ。やっぱり……）

想定していた問答が始まった。ここからバーレイさんがどう頑張れるか、手に汗を握って見守ったが、先生への響かなさと言ったら、硬くて重たい岩に小石がコツコツ当たっているようなものだった。

バーレイさんが「ばあちゃんにはその気がない」と言えば先生は「説得しろ」と答え。彼が魔法を使えないがために受けた屈辱を晴らしたい、どうしても見返したいと語るとため息しか返ってこず。いよいよバーレイさんは「お願いします」の一点張りとなった。

（ああどうしよう。膠着《こうちゃく》状態に）

外野の私は正直「もう見ていられない」という気持ちになっていた。

「あなたしか居ないんです」

「断る」

「くっ……」

バーレイさんはついに苦渋の表情を浮かべた。そしてそれまで眼中になかった私を視界に入れた。

バチッと目が合い、ドキリとする。これは。

（『助けて』って言われているような気がする……！）

同じやり取りの繰り返しにとうとう限界がきたのだろう。どちらかが折れるしかなくなっていたが、先生が折れることはまずない。先生の意志は目に見えて固かった。それこそ根性論で「続けていればいつか許可が貰《もら》える」とはちょっと思い難い程に。

（どうしましょう）

この状況に可哀想《かわいそう》な気はするものの、私が先生に「バーレイさんに魔法を教えてあげてください」と言うのは何だか話が違う気もする。私がバーレイさんの代わりをすることはないのだ。一方でバーレイさんの苦悩も聞いてしまった手前、彼に「諦めてお帰りください」とも言いかねる。

何かこの状況を打破するいい手はないかと考えた瞬間――。

「はあ……」

先生からとてもはっきり聞こえる大きなため息が漏れた。いい加減ご機嫌を損ねられただろうか。私とバーレイさんの目が揃《そろ》ってギクリと大きく見開かれた。

「先程、他の魔法使いを見返したいと言った」

その声色には苛立《いらだ》った気色はなく、普段のように淡々としたものだった。バーレイさんは小さく「はい」と答え、視線を先生に戻す。

「見返したい、の意味が分かりかねる」

先生は腕を組んで首を僅かに傾けた。ゆらりとした立ち姿。あれは、話を聞いてくれようとしている。私は「ああ大丈夫だ」と安心を覚えた。しかし、バーレイさんは自分の説明が十分でなかったと捉えたらしく、弁明に励み始めた。

「俺はただでさえ人より魔力が劣るのに、全然使う訓練もしていないんじゃ、一層差が出るだけだ」

(ただでさえ魔力が劣る……？)

何となく、その言葉が気になった。魔力というのは人によって差があるものなのだろうか。持久力とか、瞬発力とかみたいに。鍛えたら強くなるものなのか、と普通の人間の私の中に次々疑問が浮かぶ。しかしそんな私には気が付かず、バーレイさんは腕を組んで微動だにしない先生に対峙《たいじ》し、必死に話し続ける。

「それに自由に魔法が使えないんじゃ魔法使いとして生まれた意味がない。そう言って馬鹿にしてきた奴《やつ》らが、もうそんなこと言えないように」

「だから」

バーレイさんが話している途中で先生が遮った。先生が「意味が分かりかねる」と言った意味に、私はそこでふと気付く。

(ああ、そうか)

「何をどうするつもりか、或《ある》いは見返したところでどうなる、と訊《き》いている」

「え……」

バーレイさんはキョトンとした。

「誰かを貶《おとし》める奴が、律儀に自分が貶めた相手のことを覚えているとは思えない。君はそんな者のために自分の時間をくれてやるつもりか。無駄だと断言できる」

「……」

「己のために己の人生を歩むべきと思うが」

「…………」

先生はそう言って、もう話すことはないとばかりに組んでいた腕を解く。いつの間にか俯《うつむ》いてしまったバーレイさんをそのままに、私に顔が向けられる。「もう行っていいか」と伺いを立てているように見える。ここで部屋に直行しないのは大きな変化だ。以前だったら言い放って去っていたことだろう。

(ありがとうございました)

私は軽く頭を下げて応えた。先生はこくりと頷くと、何事もなかった様子で階段を上がっていく。明らかにしょんぼりしているバーレイさんを残して。

(さてどうしよう)

抱いていた野望があっさり「無駄」と表現され、そのショックがいか程のものか私には計り知れない。何せその見返したいという悔しさを秘めていた年月はきっと私の人生よりも長い。軽く「元気を出して」とはとても言えない。とにかく疲れただろう。

「お茶をお持ちしますね」

準備していたティーセットを取りにキッチンへ行こうとすると、バーレイさんはとてもか細い声で「いい」と答えた。

(ええー)

バーレイさんは背中を丸くしてとぼとぼとリビングを出た。私は慌てて追いかける。

「あの、あの」

何と言ってよいのか。口からは意味のない言葉しか出てこず、自分に呆《あき》れ苛立つ。そうしている間に、青年は靴を履き終えた。

「じゃ、ありがとう……悪かったな」

「いえやだそんな」

「……先生にも、謝っといて」

励ます言葉を口にしようとしたけれど、バーレイさんは私の反応を待たずにくるりと背を向けてしまった。そしてそのまま足早に玄関を出ていってしまう。

(ああ——！)

伸ばした手が空《むな》しい。がっくりと項垂《うなだ》れたバーレイさんは一人で森の奥に消えていった。彼の気持ちを物語るようなどんよりした曇り空。開けっ放しのドアが侘《わび》しい世界を見せる。

自分で直接先生に伝えるべき、と言ったのは間違いだったという気はない。先生が断るだろうと予想していたのも否定はしない。が——。

(あんなにぺしゃんこになってしまうなんて。私の想像力が欠けておりました)

可哀想なくらい丸い背中だった。せっかく望みへの一歩を踏み出そうとしたのに。

(でも先生の言ったことには賛成だし……)

その点についてはバーレイさんも同じだろう。もしも反論があるのだったら堪《こら》えることはしないで尚《なお》押していったはず。解決への道は、バーレイさんの中にしかない。

「難しいなあ……」

ドアを閉めると背を預けて独《ひと》り言《ご》つ。淹れた紅茶は蒸らし過ぎてしまっただろう。

テーブルに並んだ瓶たち。熱が取れたことを確認して、順に蓋を閉めてゆく。ラベルに『リンゴ』と書き、持てるだけの数を抱えると地下の食料庫に向かった。デッドスペースを許さないここの食料庫にはあらゆる食材がビシッと保存されている。

「よいしょ、よいしょ」

瓶の並ぶ棚へ手の中にある新たな瓶をひとつずつ置いていく。隣にあるのは『スグリ』と書かれた瓶。そう、これらは私が定期的に作っては保存しているジャムである。

紅茶に入れるもよし、パンに塗るもよし、お菓子にだって使える。色んな種類のジャムがあると何かと安心。精神衛生上とても良い。

(とても良い、はずなんだけど)

イマイチ気が晴れないのはどうしてか。

ジャムの瓶の並びに栗《くり》のシロップ煮の瓶があった。それを見て自然と頭を過《よぎ》るのはバーレイさん。彼が家に来たのはもう一週間も前のことになってしまった。あれ以来、お茶のお誘いもなければ、街ですれ違うこともない。どうしているだろうか。

先生からは「君が案じることではない」と言われてしまったけれど、私が案じているのはバーレイさんの悩みが解決するかどうかではなく、バーレイさんが落ち込み過ぎていないだろうか、ということである。何か私にできないかと考えてみたけれど。

「……おすそ分け」

結局私ができるのはそんな程度のこと。栗のシロップ煮の瓶を眺め、彼が作ってくれた栗のパイを思い出す。あのときは何て扱いが難しいのかと驚いたけれど、今思えば可愛いものだった。

「……」

置いたばかりの瓶をひとつ手に取り、エプロンのポケットに入れる。これをどうするかは、お昼ご飯を食べてから考えよう。

「さて」と顔を上げると、上に持って上がる食材を選び、昼食の支度に取り掛かる。

「んー。昨日は野菜をたくさん食べよう企画だったから、今日はどうしようかな」

その日の気分が材料と相談を始めた。よく揉《も》めるが、いつも材料事情が勝つ。

「お夕飯はお肉のロティを予定しているので、昼は軽めかつちょっと気の利いた……」

目に留まったのはそば粉。ピンときた。

「ガレットにしよう」

そば粉で生地を作り、薄く焼く。焼いた腸詰や葉ものの野菜を包んでいただく、ご馳走《ちそう》ガレット。ソースはどうしようかと考えながらガレット生地の生産に励んでいると、外で強く風が吹いた。びゅううと大きな音がして、森がざわざわと揺れる。

「変な天気……あ!?」

外を見ようとリビングのガラス戸に目を向けたとき、何かが飛んでいくのが見えた。

「まずい！」

それが何なのかを察した私は手にしていたレードルをボウルに突っ込むと、火を止めてガラス戸に駆け、外に出た。

「わああ洗濯物！」

一人で騒ぎながら風に飛ばされそうになっている洗濯物の回収を急ぐ。既にさっきタオルが一枚飛んでいった。そうしている間も冷たい風がびゅうびゅう吹く。とにかく干してあった洗濯物をリビングへ放り入れると、風に連れていかれたタオルを探す。

髪は直《す》ぐにぐちゃぐちゃになった。スカートもバサバサとはためく。色々押さえつつ、きょろきょろと辺りを見回す。しかしタオルはどこへやら、それらしきものは見当たらない。

(タオルー)

一枚失くしてしまったかとがっくりし、諦めて家の中へ戻ろうとしたとき、「ルシルちゃーん」と知った声が私を呼んだ。私は「ん？」と背後を振り返る。

「探し物はこれ？」

空に浮かぶ人影に思わず「わ」と声を上げた。家から少し離れたところで強風をもろともせずイーダさんがふわふわしている。その手には我が家のタオル。何て良いタイミングで来てくれたのだと感動した。

「イーダさーん。ありがとうございます。そうですー！」

両手を挙げて応えると、金髪のイケメンは地面に降りる。そのままこちらに来るかと思いきや。

「……どうされたんですか」

「大丈夫だよね、今日は。フィリス師家に居るよね？」

イーダさんは警戒しながらへっぴり腰でじりじりと足を進める。かなり奇妙な感じがするけれど仕方がない。これには深い理由がある。

先日前触れなく遊びに来たイーダさんは先生の「魔法使い除《よ》け」に見事にかかった。しかも行く手を阻まれただけでなく、空から勢いつけて降りてきたものだから、見えない壁に強打してかなり痛い思いをした。

どうしてそんなことになったのかというと。涼しくなる前、先生が「ちょっと世界樹を見に行ってくる」ということがあったからである。この「ちょっと」というのは厳密には「五日」のことであり、家を空ける間の安全性について先生は考えた。

先生が不在の間にけしからぬ魔法使いが来てはならないと、魔法使い除けを家の周りに施していったのである。しかし実際家に来たのは見ず知らずのけしからぬ魔法使いではなく、何も知らないイーダさんだった。

とても悪い気はしたのだけれど私にはどうすることもできなかったし、イーダさんも先生の魔法使い除けを破ることができず、その日はすごすごとお帰りいただくしかなかった。

――という苦い経験から、イーダさんは家に近付くのに注意を払っているらしい。本日先生は在宅されているので、大丈夫なはず。イーダさんにそう告げれば、彼はようやく安心した顔になり、大股でこちらにやってきた。

「はい、どうぞ」

「ありがとうございます」

イーダさんからタオルを受け取り、お礼を言いつつ家の中へ案内した。そしてダイニングに用意していたガレットを見てイーダさんは目を輝かせた。

「お昼はまだですか？」

「……」

「まだ」と答えないところから察するに、まだじゃないなと思ったけれど、「用意しますね」と告げる。訊く方が野暮《やぼ》だった。

「手伝うよ！　お茶の用意がまだだよね」

勝手知ったる風でイーダさんはカップやティーポットを取り出し始めた。二人でワイワイと準備していると定時の十五分前。先生が合流した。今回はイーダさんが手伝ってくれたため、先生のお仕事が残っていない。先生は食べるだけの状態になっているテーブルを眺めて「ほう」と興味深そうに呟く。イーダさんが居ることに対してはさして驚いていないらしい。

イーダさんは「フィリス師フィリス師」と先生に寄っていったけれど適当にあしらわれている。先生は今からご飯なのだ。邪魔をしないでほしい。

「いただきますよー」

はしゃいでいる大きな子供に声をかけ、三人で昼食を取り始めた。

チーズとサーモンでも合うね、腸詰とブラックペッパーの相性が最高、と主に私とイーダさんがキャッキャとガレットについて喋り、それを先生がもぐもぐしながら黙って聞く。美味しい組み合わせを発見すれば皆で共有した。イーダさんが自分の発見した取り合わせが一番だと主張したけれど、それは三枚前に私が試していたものだったのでちょっと揉めたが、総合的にとても楽しい昼食だった。

お腹《なか》がいっぱいになったところで丁度ガレットもなくなり、楽しい昼食はお開きとなる。先生はイーダさんが来ていようといつもの通り飲み物を持って二階に上がる。ジャムを入れた紅茶を渡したら横から「いいなあ」と聞こえたので、私たちの分も作り、片付けたダイニングでゆっくりする。

「わあ美味しい」

「ようございました」

ご機嫌なイーダさんを見て、自然と頬が緩む。このお兄さんも大分年上のはずなのだが、ふとした表情で、時には自分よりも年下に見える瞬間がある。

「今日は何をするの？　おやつは？」

訊かれて「うーん」と腕を組めば、エプロンのポケットの重みが存在を主張する。バーレイさんに持っていこうかどうしようか考え中だったリンゴのジャムの瓶。「どうしようかな」と思った私の表情の変化をイーダさんは見逃さない。

「何か用事があった？　いいよ、そっちを優先して」

「え、でも」

「突然来ちゃったし」

今日に限って、みたいな言い方だったがイーダさんが来るのはいつも突然である。口にしてはまた揉めると思ったので言葉を呑《の》み込《こ》み、私は素直に「ありがとうございます」と言った。

(迷っていても仕方がないか)

やっと決心が付いた。イーダさんも「どうぞ」と言ってくれるし、思い立ったときに行った方がいいと考え、私はエプロンを外して瓶をテーブルに置いた。

「ジャムだ」

「ええ。ちょっとおすそ分けに行ってきますね」

「街に？」

「はい」と応えると、何と「僕も行こうかなあ」と言い出した。

「お散歩ですか？」

「んーん。ルシルちゃんについてく。フィリス師、二階に上がっちゃったし」

イーダさんの気まぐれが始まった。イーダさんがついてくるとなると、バーレイさんと顔を合わせることになる。

(……バーレイさんのお悩みに、イーダさんだったら応えられるかも？)

そんなアイデアが浮かんだけれど、自信はない。もしかしたら良い出会いになるかもしれないが、バーレイさんからしたら余計なお世話かもしれない。「あなたのために魔法使いを連れてきましたよ」なんて。

(今日は、バーレイさんのお顔を見に行くのよ)

元気でいるか、落ち込んではいないか。それが一番気になることだ。私の本日の目的はバーレイさんの様子を見に行くこと。初志貫徹でいこう、と自分に言い聞かせた。

「よし、では一緒に参りましょう」

「買い物と散歩以外で街に行くのは初めてだね。誰の所に行くの？」

完全に楽しくなってきたのか、イーダさんがワクワクしている。私は「ええと」と言って言葉を濁した。

何とも珍しいことに、訪ねる方も訪ねられる方も魔法使いだ。ご紹介にあたり、相手が魔法使いだということは彼らにとって大事なことだろうか。私には判断が付かない。例えるなら、私がコルテスさんにリリアさんを「この方は普通の人間です」と紹介するようなものだろうか。想像して、かなり奇妙な感じがした。

(そもそも、バーレイさんとエレーナさんが魔法使いだって言っていいのかな？)

最近街の人に公表したとはいえ、これまで秘密にしてきた彼らだ。私が許可なく勝手に人に教えていいことではないだろう。イーダさんには「最近越してこられた方のところです」とだけ伝えることにした。

「あの、イーダさんについてもし、相手の方にどなたですかと訊かれたら、何とご紹介すればよいでしょうか」

「僕？　え、君の友達って言えばいいんじゃないの？　嘘《うそ》、そこで迷うの？」

まるで「心外」という顔で非難するように見られた。変に伝わってしまったと気が付き、慌てて
「違います違います」と弁明する。しかしイーダさんは「君って時々冷たいんだから」と完全にへそを曲げてしまった。私は心の中で「しまった」と額を押さえた。

「さあイーダさん、久し振りの街ですよ〜」

「……」

ご機嫌を取ってもそう簡単に許してはくれない。結局、むくれたままのイーダさんを連れて家を出ることになった。

ざくざくと落ち葉を踏む音が続く。あからさまにムスッとしたイーダさんがこれまたあからさまに私と目を合わせないように頑張っているので、どうしたものかと悩む。謝ってもコレなので打つ手がない。生憎《あいにく》、あげて喜ぶお菓子も持ち合わせていない。

（もー。イーダさん）

誤解させてしまったのは私が悪かったと思うけれど、ちゃんと説明したのに。

「今からお訪ねするのは、エレーナさんという方のお家です。お孫さんもご一緒に住んでいます」

「ふうーん」

ほぼ意地で不機嫌なままでいるのが手に取るように分かる返事だった。そのうちに機嫌を直してくれることを期待して、そのまま話しかける。

「ご様子を見に行くついでに、おすそ分けをしたくて」

「ふうん。じゃあ訪ねる理由にジャムを持っていく訳じゃないんだ」

(す、鋭い……!?)

イーダさんはジロリと私を見下ろした。

「フィリス師が気にしてたよ」

「え」

「分かってるくせに」

「……」

イーダさんの目力には恐れ入る。

(先生が気にかけてくれているのはよくよく存じているのですが……)

そう。知っている。先生は一度だけ「案じることではない」と言ってくれたきり、何も言わないけれど、私のことをずっと気にしてくれている。果たして、私がいつまでも悶々《もんもん》としているのをどう思っているのか。

それでも、目の前であれだけ人が落ち込んでしまったのだ。仕方ないことと割り切っても、気にしないではいられない。

「ええと、お孫さんを心配しているのですが、私の気持ちの問題なので、そっとしておいていただいております」

「何それ」

イーダさんが呆れたように眉尾を下げる。

「ジャムが解決してくれるといいね」

「……はい」

私にかけられた言葉にはもう怒った気配はなく、ただただ友人を案じる彼の優しさだけがじんわりと心に染みたのだった。


そして歩き続け、そろそろエレーナさんの家が見えてくるはず、というところで向かいからバーレイさんその人が歩いてきた。

「あ」

「どうしたの」

「あちらの方がお孫さんです」

「入れ違いにならなくて良かったね」

「呼んでご覧よ」というイーダさんに頷き、私は少し先に居る彼に「バーレイさん」と手を振った。

すると、下を向いて歩いていたバーレイさんは顔を上げてキョトンとした様子で立ち止まった。私たちはそのままバーレイさんの方へ近寄る。

「よ」

「こんにちは」

バーレイさんは私を見てもさして驚きもせず、気まずそうにもしなかった。意外と普通な様子で、私は内心酷《ひど》く安心した。

「誰？　後ろの」

私よりも、初めましてのイーダさんの方が気になるらしい。バーレイさんは私の後ろに目を向けながら尋ねた。イーダさんは私の隣に並び、バーレイさんにニコリと微笑《ほほえ》む。私が紹介する間もなく、イーダさんは自分で「イーダって言います」と名乗った。

「彼女の友達だよ」

（……）

しっかり根に持っているところが彼らしい。私が紹介するより先に、自分で言ってやろうという魂胆だったようだ。目が「どうだ」と言っている。私も目で「恐れ入ります」と返した。

「ふーん。街の人？」

目だけで会話する私たちを気にすることなく、バーレイさんは質問を続けた。

「違うよ。今日は遊びに来ているだけ。ルシルちゃん、アレ渡さないの？」

「あ。そうでした」

イーダさんに促され、籠から件《くだん》の瓶を取り出す。「これ、おすそ分けです」とバーレイさんに差し出せば、向かいから素直に手が伸びる。

「リンゴ。スコーンに合うよな」

「あ！　いいですね！」

早速お菓子に使ってくれそうで嬉しくなる。が、バーレイさんはあまり喜んではいなそうに見えた。思ったより元気そうではあるのだが、やはりどことなく暗い。

「あの……大丈夫ですか？　どうされてましたか？」

恐る恐る訊いてみると、バーレイさんは「ああ」とため息交じりに応えた。そして私の質問の内容が先日の一件に係ることだと察したのか「違う、あっちじゃない」とげんなりした様子で呟く。

「家に色々来ててさ」

「色々？」

渋い顔で頷く青年。私とイーダさんは顔を見合わせた。

「ばあちゃんは相変わらず自分から人とは会わないよ。人とは会わないんだけど、その代わり？　代わりなのか？　あれ。……とにかく、猫やら犬やら、時間ずらして虫まで。あいつら土の中居なくていいのか」

「え？　何？　どういうことです？」

「今まで人にバレたらいけないからって隠してたのに、それをバラしただろ。動物が物珍しさからばあちゃんに会いに集まってくる。『先生以外と話せるなんて珍しい』とか言って！」

「煩《うるさ》いんだよ！」と言ってバーレイさんは頭を抱えた。何だか色々、思ったのと違う事態になっている。「ええと」と戸惑いを隠せないでいる横でイーダさんが目を瞬いている。

（あ。知られた。完全に）

明らかに一般の人には起こり得ない状況のご披露だった。魔法使いを知らない人なら「何を言っているんだろう」と思うだろうけれど、こちらのお兄さんには魔法使いの話にしか聞こえない。

「君たちも魔法使いなの？　待って、虫も分かるって言った？　君も分かるってこと？」

「な、何だよ……。え？　何？　分かるけど、何？　おいルシル」

「あ!?　エレーナって、もしかしてエレーナ女史!?」

突然騒ぎ出したイーダさん。私だけでなく、バーレイさんもギョッとした。そんな我々にはお構いなく、イーダさんの興奮は収まらない。

「ルシルちゃん知らないの？　エレーナ女史って言ったら、海洋生物から虫まで意思疎通できる魔法使い随一の多言語理解者じゃない！　虫なんて、フィリス師だって無理だよ！」

「そんな。『じゃない！』と言われても、そんなこと……」

そのとき何かが頭を過った。あれはいつのことだっただろうか。エレーナさんのトレジャーハンター録を喜んで聞いていたとき。どうしてそんなに次々と宝が見つかるのかと尋ねたことがある。

彼女の答えは『まあ、虫の知らせというか。鶴の一声というか』という掴みどころのないものだったので、勝手に「企業秘密なんだな」と理解していた。が。

（まさか……本当にその通りだったということ……!?）

イーダさんが「すごいまさか出会えるなんて」とはしゃいでいる横で、真相に辿《たど》り着《つ》いてしまった私は震えた。「嘘……」とその孫を見ると、彼は彼で私とは別件で困惑しているところだった。

「何、この人。どういうこと。魔法使い？　やベー奴？」

小声で私に訊いてきたが小声である意味はあまりなく、ばっちりとイーダさんの耳は拾った。「やベー奴」と言われ、我に返ったらしい。鼻先を上に向け、ジロリとバーレイさんを見る。

「失敬だな。やベー奴じゃないよ。ふうん。君がエレーナ女史のお孫さんってことだね」

「そのエレーナ女史ってのもよく分かんないんだけど」

「知らない方が驚きだけど。魔法使いの学者の間で、彼女を知らない人は居ないよ」

「じゃあ、アンタも……」

「僕も魔法使いだよ。君たちは、協会の人じゃないよね。僕は協会の統制部に所属してる」

協会の統制部、という言葉を聞き、途端にバーレイさんの顔が険しくなった。

「何しに来た。また俺のこと馬鹿にしに来たの」

「どうして？」

純粋に問いかけをしたイーダさんに向ける、バーレイさんの眼差《まなざ》しが鋭い。憎しみそのものを投げつけるようだった。

「俺が、魔法を使えないから……」

バーレイさんの顔が思い切り歪《ゆが》んだ。イーダさんはバーレイさんの反応を見てしばし口を閉ざした。それ以上追及することはしなかった。

「言ってしまった」と苦い表情を浮かべるバーレイさん。自ら「魔法が使えない」とは、口にしたくないことだっただろう。心中を察すると非常に申し訳ない気持ちに襲われた。

気まずくシンとした空気を破ったのはイーダさんだった。

「……ごめんね。うちのどうしようもない先輩が……先輩かな？　多分きっと先輩だよね？」

私に「ね？」と訊かれても。知りません分かりませんという意を込め、無言で首を横に振る。

「知らねえよ。アンタよりは年食って見えたけどね」

「名前は？　聞いた？　名前さえ分れば僕が考えつくだけの仕返しを」

何やらイーダさんが物騒なことを言い出した。「それはどうだ」と言おうとした私より先に、バーレイさんが息を吐きながら首を揺らす。

「仕返しとか、そういうのはいいんだ」

（おや）

先日までは見返してやると息巻いていた彼が、諦めたような顔をしている。

「……」

心境の変化があったのだろうと、じっと眺めた。すると、バーレイさんは首を捻《ひね》ってポキリと鳴らし、「なんかさ」と視線を逸《そ》らす。

「俺って、何なんだろうって。ずっと考えてたよ」

「何なんだろう……？」

「魔法使いから生まれたのに、魔法はからきし。俺って、何……？　みたいな」

深過ぎる疑問への回答に悩んだ私から絞り出てきた言葉は「難しいですね」という全く彼の助けにならない、残念なものだった。自分で自分にがっかりした。しかしバーレイさんは気分を害さず、「難しいよな」と肩を竦《すく》めてみせた。

「俺が何なのかなんてさ、分かんないんだけど。答えは出ないんだけど。でもフィリス先生に言われてちょっと自分のことが分かった。見返したいって気持ちを捨てても、魔法が使えるようになりたいって気持ちは変わらなかったんだ」

「バーレイさん……」

「自分のための方が、頑張れそう。誰かに頼むにしても、独学でやるにしても」

あまりの健気《けなげ》さに泣きそうになった。長年自分を押し殺して我慢してきた彼だ。態度は多少大きくても、中身はこんなにいじらしい。

「魔法、鍛えたいの？」

言葉を詰まらせて何も言えないでいると、代わりにイーダさんが口を開く。バーレイさんは顔を上げて目を瞬いた。

「独学はね、難しいよ」

「だって、ばあちゃんは乗り気じゃないし、フィリス先生にも断られてる」

「フィリス師？」

（あわわわ）

一瞬強い気を発したイーダさんだったが、「ふうん」と昂《たかぶ》りを抑えてくれた。ひと悶着あったらどうしようかと思った。

「僕で良ければ教えるよ。たまに街に来るし」

「協会のアンタが？」

バーレイさんは不審そうに眉を寄せる。幼少期に受けた心の傷は深い。イーダさんはその顔を見て苦笑した。

「多分、初めての子に教えるのはフィリス師より上手《うま》いと思うよ。フィリス師って基本の技術が高過ぎて真似《まね》するのすら難しいから……」

「……何で、そんなことしてくれるの」

イーダさんは目を細め、自嘲するような笑みを漏らした。

「できないのは辛《つら》いって、知ってるからね」

「――という訳で、イーダさんが明日バーレイさんにお教えすることになりました」

帰ってきた私たちは、一部始終を先生に興奮しながら報告した。熱い私たちとは反対に、先生は「そうか」と淡々としていたけれど、心なしか表情が柔らかい。きっと良い結果だと思ってくれていることだろう。

「して。その間イーダは」

「お邪魔します！」

元気に言ってのけるイーダさん。既に占領しているソファの肘掛けを手でパタパタと叩《たた》く。先生は僅かに眉間を寄せたが、結局何も言わず。早々に諦めたらしい。

「明後日《あさって》にはお暇《いとま》しますから！　仕事があるので！」

「……」

先生は頷くだけの返事をして紅茶のカップを口に運んだ。その様子をソファからイーダさんがニコニコして眺めている。

「イーダさん、こちらも使ってください」

ブランケット一枚ではもう寒かろう。とりあえず直ぐに出せる毛布類をソファに置いた。

「本当にソファでいいんですか？　私のベッド使います？」

「ル、ルシルちゃんの寝床がなくなっちゃうでしょ！　ないない！」

「その場合は私がソファへ」

「選択肢としてあり得ないってば」

「ね、フィリス師」とイーダさんが首を伸ばす。先生は「ない」と即答した。そして何かを思案するように私を見る。

「……君がどうしてもイーダに寝台をと言うのなら、私の場所をイーダに譲り、私がそこに寝る」

「「それだけはないですよ！」」

私とイーダさんは一斉に否定した。とても力強い否定だった。そんなことはとてもさせられない。いくら先生が普段からソファでゴロゴロしていようと、ちゃんとした寝床を奪う訳にはいかない。何だか先生に言わせてしまった感があり、ちょっとドキドキした。

私のドキドキとは裏腹に、先生は「ふむ」といつもの調子で顎に手を遣《や》る。ご本人的には大事でないのか、「そうなんだ」という雰囲気を醸していた。

（ひとつだけ、アイデアが……！）

今しがた天才的に閃《ひらめ》いてしまった。個人的にはナイスな案だと思うけれど、果たして共有してよいものだろうか。イーダさんが「お構いなく」とブランケットを頭から被ってオバケになって遊んでいる横で、私は密《ひそ》かに葛藤した。

（誰かが、どこかで、一緒に寝ればいいんじゃないかしら……！）

この場合勿論《もちろん》誰かというのは私と先生の組み合わせのことであり、別解はない。どこかで、については任意のベッドとする。大きさ的には先生のベッドの方が大なり、私の方が小なり。

（……別に変な意味じゃないもの。ただ、誰もソファで寝ないようにするには、というひとつの案だもの）

「……」

私は黙って挙手をした。先生の視線の向きが変わったことに気が付いたイーダさんも「どうしたの」とこちらを振り返る。

「ひとつの案ですが」

「はい」

答えてくれるのはイーダさん。先生は足を組んでジッと聞いている。

「私のベッドをイーダさんにお譲りして、私が先生のところにお邪魔するという案を思い付きました」

「……」

「………」

（ふ、不評〜〜〜〜〜〜！）

数秒の沈黙の後、イーダさんは「えー……？」と気のない反応。そして先生はというと、控えめに言って嫌そうな顔をしていた。これはショックが大きい。そんなに引かれるとは思わなかった。

このまま一目散に逃げ出したい。その辺の毛布に頭を突っ込むのでもいい。しかしここは逃げではなく、まず以《もっ》て提案を取り下げなくては。もう十分傷付いた。

私は早々に前言を撤回すべく、首と手をブンブン振ってアピールした。

「今のはなしで！　失礼いたしました！　突拍子のないことを！」

「ルシルちゃんさあ……」

「忘れて！　ただのひとつの案ですから！」

ジト目で見てくるイーダさん。明らかに私がはしたない者扱いされている。心の中で泣きながら、彼が頭から被っているブランケットの端を摑み、カーテンを閉じるようにギュッと合わせた。中から「ちょっと！」とモゴモゴ苦情が聞こえるが、構わず先生の方へにこりと笑いかける。

「お気になさらないでくださいね」

すると先生は紅茶のカップを置いて立ち上がり、こちらに歩いてきた。何かと思って待っていると、意外と近くまで来てドキリとする。ときめいている場合ではない。これから心に突き刺さる苦言がもたらされるかもしれないのだ。

イーダさんをブランケットに閉じ込めながら、覚悟してグッと丹田に力を込める。フッと目の前に影が落ちたのと、耳に声が滑り込んできたのは同時だった。

「君の寝床を使わせる、という時点で却下だ」

低い声と、かかる息は私の思考を停止させるに十分な働きをした。

「それ以外なら応じよう」

「分かったか」と囁《ささや》かれ、私は小さく「はい」と返す。先生は「現状に変更があれば言うように」

と残して、二階へ消えた。

「――ぶは！　ルシルちゃんったら……あれどうして赤くなってるの」

「…………」

私の力が緩んだところでイーダさんが脱出を果たした。さっきまで一人でモゴモゴしていた彼は何があったのか分かっていないようだった。不思議そうな顔で私の赤面を指摘してくる。

「…………」

私は無言でソファに積んでおいた毛布に頭を突っ込んだ。ぎりぎりと毛布を握り、込み上げる何かに耐える。ようやく動き出した脳が騒ぎ出す。外界からイーダさんが「ねえ、どうしたのさ」と話しかけてくるけれど、それどころではない。

（いいい今のはどういう意味なの⁉）

『君の寝床を使わせる』のを先生が却下する意味とは。

寝床を奪う訳にはいかないと思ってくれているに留まるのか、それとも。それとももというのは、つまり例えば、先生のベッドをあのイーダさんの上司のお姉様に使われると考えた場合に、胸に覚える「凄く嫌」という気持ちと同等のものを先生も抱かれたということだろうか。

（そそそんな、いえ、あ、やだ）

「うわあああああああああ」

「何⁉」

突然呻《うめ》き声《ごえ》を上げた私にイーダさんがドン引く。声に出さずには耐えられなかった。勘弁してほしい。

「……どうも」

しばらくしてから、ぬるっと毛布から頭を抜いた。息を乱しながら「すみません。お、想いが余って……」と言い訳をする。イーダさんはまるで残念なものを見る目つきで「髪、ぐちゃぐちゃだよ……」と言った。

暗闇に冷やされた空気が揺れ、イーダは目を開いた。何重にも被った毛布の一番上にかけてあったものがずり落ちる。

「……フィリス師？」

「起こしたか」

「いえ、まだ寝ていませんでした」と言いながらイーダは身を起こし、落ちた毛布を拾う。ぬくぬくと布に包まれていた体に、部屋の空気が一層冷たく感じられた。イーダは目を凝らし、フィリスが傍に立っているのを認めた。水でも飲みに降りてきたのかと思ったが、どうやら自分に用事らしい。イーダは居ずまいを整え「はい」と応える。

「……」

しかし返事はなかった。二人の間にしばしの沈黙が訪れる。先に痺《しび》れを切らしたのはイーダだった。

「寒くないですよ」

「見れば分かる」

淡々とフィリスが返し、イーダは「ですよね」と苦笑いを浮かべた。

「大分気が安らいだようだ」

イーダは唐突に始まったフィリスの話に目を瞬いた。「何が？」と一瞬面食らったが、直ぐにルシルのことを言っているのだと察した。

「僕が来る前に、何かあったんですね」

ガラス戸からの心許《こころもと》ない光で、フィリスの影が頷いたのが見えた。来たときから、フィリスがルシルを気にしているのはイーダの目には明らかだった。

「……礼を言う」

「えっ!?」

イーダは思わずソファから毛布やブランケットの山ごと床に滑り落ちた。

「わ！　わ！」

動揺して布が絡まり、床でもがいている内にフィリスがペタペタと階段を上っていく。イーダの

「ちょ！　フィリス師！」という声に振り向くこともなく、フィリスは二階へ消えた。

イーダはようやく何重にもなった毛布から自由になると、そのまま後ろに手を突いて座り、「もう……！」と天井を仰いだ。

「お礼、言われちゃった……」

あまりにも予期しない出来事だった。イーダはぐちゃぐちゃになった毛布にゴロンと倒れ込む。

「そっか……役に立ったんだ……」

独り言が誰もいないリビングに消えていく。自分で発した言葉は、自らの胸を小さく打った。


「じゃあ、行ってくるね！」

「行ってらっしゃい。お家は分かりましたか？」

翌朝。玄関にて、バーレイさんに魔法を教えるために出かけるイーダさんを見送る。イーダさんは先の私の質問に「大丈夫大丈夫」と答え、靴を履いた。

「あまり盛大にやるとご近所さんがびっくりするかも。魔法自体、見慣れていないと思います」

「あはは、最初からそんなことできないから安心してよ。家の中だけで十分だよ」

魔法のＡＢＣについてはよく分からないけれど、彼が言うならそうなのだろう。私はイーダさんに手土産《てみやげ》のリンゴバターを渡し、「お気を付けて」と笑いかける。イーダさんはローブのポケットに瓶を仕舞《しま》うと、元気良く出発した。

「私も、お掃除しなくっちゃ」

そのまま私も庭に出て、箒片手に辺りを見回した。毎日しなければならないくらい、落ち葉集めが必要になってきている。森から風に乗ってどんどん舞い込んでくるのだ。気にしていないと庭一面が葉で覆われてしまいそう。すっかり草の背が低くなった正面の草原を掃いて綺麗にしていると、二階からせり出すバルコニーに先生が姿を現した。

手すりに寄りかかり、こちらを見下ろす。

「静かになった」

「先程イーダさんがお出かけされました」

煩がっていたような気色はないので、皮肉などではなく単純に「静かになった」と言っているのだろう。

「お昼には一度戻られるとのことです」

「そうか」

雲ひとつない高い空と先生を見上げる。空気が寒い季節の匂いを孕《はら》み、鼻先から冷える感覚がした。イーダさんも寒さを耐えて帰ってくるだろう。お昼は温かいものにしよう。

(――と思ったのですけど)

正確に時を刻む時計の針が十二時を過ぎた。先生も既にテーブルに着き、お昼ご飯のスタンバイは完了している。が、イーダさんがまだ戻らない。

せっかく体を温めようと、熱々のシチューにホットサンドというメニューにしたのに。当然昼食の時間に間に合うように帰ると思い込んでいたので、もう彼の分も用意してしまった。

「どうされたのでしょう。取り合えず冷めてしまいますから、お先にどうぞ」

リビングのガラス戸前をウロウロしながら先生へ声掛けすると、先生から「君も」と着席を促される。

(まだあちらに居るのかな、それとも帰り道で何か……)

心配しつつ、先生の言葉に従ってテーブルに着こうとガラス戸を離れたとき、バサバサと羽音が聞こえた。結構大きな音だったので、驚いて肩を揺らす。戸の方を見れば、一羽のカラスが窓を嘴《くちばし》で控えめにコンコンと叩いていた。どう見ても先生にご用の方だ。

先生は私に呼ばれるより先に席を立ち、私の横を通り過ぎてガラス戸を開ける。カラスは「カアカア」と何かを先生に伝えた。

「分かった」と先生が発すると、カラスは潔くサッと飛び去っていく。先生はスッとガラス戸を閉め、私にこう伝えた。

「イーダは向こうで厄介になるらしい」

「え？　お昼ですか？」

「そう」

途端に私の中で膨れ上がる熱い想い。「もっと早く言え」という強い気持ち。あからさまにムムとした私の頭を先生が宥《なだ》めるように叩く。

「どうするんですかイーダさんの分ンン〜〜」

別に先生を責めているのではない。この場に居ないイーダさんに向けて低く唸《うな》る。夕食に回そうと思えばできなくはないけれど、ホットサンドの二度焼きは信条に反する。火が入り過ぎるし、そもそも置いておけばパサついてしまう。

「たくさん召し上がってください」

声に消しきれない怨念が混じる。

「承知した」

恨めしくしている私の頭の上で先生が軽く笑った。


夕方になり、外がすっかり暗くなった頃、やっと問題児が帰ってきた。一言言わなくてはと思い「イーダさん」と玄関に顔を出す。しかし私を遥《はる》かに上回る勢いで、イーダさんは「ルシルちゃん！」と寄ってきた。

「な、何ですかそんなに息巻いて」

「ルシルちゃん、恋だ」

「へ」

「あれは、恋だよ」

「は？」

あなたは一体何をしに行ってきたのだ。イーダさんが突然妙なことを言い出すものだから、文句を言うつもりだったのに不覚にも唖然《あぜん》としてしまった。

「いやイーダさん、魔法をお教えに行ったのでは？」

「勿論そうだよ！」

当たり前だという顔をされたが、やっぱり事態は呑み込めない。順を追って話してほしいと伝えると、イーダさんは「任せて」と何故か誇らしげに言った。私はそのまま玄関で目を白黒させながら話を聞くことになった。

物語はイーダさんが森を抜けたところから始まった。彼が森の中で見つけた珍しいキノコに喜ぶ場面は正直省いてもらっても構わなかったけれど、大人しく耳を傾けた。迷子にならずにお宅に到着したイーダさんはバーレイさんにもじもじと迎え入れられ、エレーナさんに挨拶をした。

エレーナさんは「私の言うことばかりを聞いていられない程大きくなったのね」と寂しそうではあったみたいだけれど、「私より教えるのがきっとお上手だわ。よろしくお願いします」と落ち着いたらしい。

そこからどうして「あれは、恋だよ」に発展するのかまだ見えてこない。白熱して喋るイーダさんを見守った。

「バーレイ君は実はこっそり練習してたみたいで、感覚で大分摑めていたよ。難しいのは魔力の制御と放出のバランスで……」

「ははーん成程？」

「いくつか長期的な課題を出しておいたから僕が街に来たときに確認することにしたんだ」

「付きっ切りでなくていいんですか？」

「一応近くにエレーナ女史もいるからね」

聞く限り、魔法についてのレッスンはつつがなく進んでいるようだった。まだ始まったところなので、今後二人がどうしていくかは遠く近くで応援していきたい。

「──で、だよ！」

「っ、はい」

いきなり強い語調で詰め寄られ、たじろいでしまった。どうやらここからが問題らしい。

「お昼に一旦帰ろうとしたんだよ？　午後にまた来るねって。そしたらさ、そのタイミングで誰か来たんだ。するとどうだいバーレイ君が途端にソワソワし始めたんだよ」

「はあ」

「僕を部屋に残して慌てて出ていくの。あんまり怪しかったから僕はしっかり聞き耳を立てたね」

何をしているんだこの人は。野次馬《やじうま》もいいところだ。呆れ果て、我が家のお昼をかっ飛ばされたのを責める気も失《う》せてしまった。「どうなったんですか」とやる気なく問えば、「それがさ」とビシッと指をさされた。

『約束通りパイを貰いに来ました～』

『あ、やべ。その、まだ焼きが』

『そうなの？　やだ早かったわねごめんね？』

『これから直ぐ焼くから、あ、あの昼はもう済んでんの』

『お昼？　まだこれからだけど』

『だ、だったら……！』

その流れで昼をここでどうだとイーダさんにも声がかかった。バーレイさんがとても必死だったので、快諾したとのこと。そうして来訪者と共に昼食を摂《と》ることになったのだが……。

「リリアって子知ってる？」

「知　っ　て　る！」

これは聞き捨てならない事態になってきた。さっきまで呆れていたことも忘れ、イーダさんのローブを摑む。

「飲食店をやっている子なの？　お店に出すパイを貰いに来たって言ってたけど」

「飲食店をやっている方ですねえ……」

問題なのは彼女の店でパイを出すことではなく、そのパイの譲渡云々《うんぬん》の約束がいつ結ばれ、いやいつその約束を結べる程仲良くなったのか。聞きたいのはそこである。

「バーレイ君、あれは恋だね」

簡単に断言するイーダさんに「何故分かるんですか」と追及する。どうしてあなたはそんなに人の恋心を見破るのが上手いのか。専門の探偵か何かか。

「君も大概分かりやすかったけど、バーレイ君は比じゃないね。バレバレもいいところだもの。真っ赤だし、明らかに狼狽《うろた》えてるし」

引き合いに出されると決まりが悪い。しかも分かりやすいと形容されるなんて。私は誤魔化《ごまか》すようにに「それでお昼が要らなかったんですね」とトゲトゲしく返した。イーダさんはそこでようやくハッとし、「ごめんね」と申し訳なさそうにした。

玄関に居続けて足元が寒くなってきたことに気が付き、リビングへと足を向ける。別に玄関で聞くことはなかった。私の後ろをトコトコとイーダさんがついてくる。

「あのね、そのね。あ！　ルシルちゃんに言わなくちゃ！　って思ったのが丁度十二時頃で。慌てたらエレーナ女史が気を利かせてカラスを呼んでくれて」

言い訳をする様が叱られた子供のようで、毒気が抜かれてしまった。

「いいですよ。先生といただきましたから」

「……ちなみにお昼は何だったの？」

「ホットサンドです」

イーダさんは悔しがった。でもバーレイさんのところで良いものを食べさせてもらったに違いない。彼はお料理上手なはずだし、大事な来客のリリアさんも居たのだから。それにしても。

（リリアさんに恋……か）

不思議なことではないな、と冷静さを取り戻した私は納得した。彼女は元々可愛らしいし、気も利くし話し上手。私だってうっかり惚《ほ》れそうになる瞬間がしばしばある。むしろ彼女は惚れられ過ぎて本気で困る人だ。過去に深刻なストーカー被害に遭って自警団が出動したのは一度や二度ではないと宿屋のテオさんから聞いたことがある。

「リリアさん、バーレイさんの恋心に気が付いていましたか？」

「え？　うーん、それは分からないな。彼女の方は隠すのが上手だったから」

「普通気付くと思うけど」と付け足し、イーダさんはローブを脱いでソファの背にかけた。続いて自身もソファに落ち着く。本当に彼はここが自分の家のように過ごす。

「あの」

「何？」

「エレーナさんは、どんなご様子でしたか？」

イーダさんは空を見て「んー」と首を傾《かし》げた。

「何も言わなかったよ。何か言いたそうな顔はしていたけど」

「そ、そうですか……」

イーダさんは私に「どうしてそんなこと聞くの？」と質問を返してきた。私は曖昧に笑って「いつもバーレイさんを案じていらっしゃるので」と濁したが、内心、ホッとしたような、エレーナさんのことも心配なような、複雑な気持ちだった。

「ルシルちゃんに続く、魔法使いと普通の人との恋だね」

ソファの背もたれにゴロンと首を預け、イーダさんは私を見上げた。意味深な瞳である。私が返せる言葉はひとつだけ。

「……想いが通じるかどうかは、相手が誰であれ分からないものです」

「はは、君ならそう言うよね」

「何ですか」

彼の意図が分からず、少々ムッとした言い方になってしまった。「いや？」とイーダさんが眉を下げて笑う。

「心配してるだけ。慣れないことの多い子みたいだから。僕は明日帰るけど、気にしてあげて」

からかっているのかと思ったけれど、イーダさんの目は真剣だった。具体的に何をどう、とまでは授からなかったけれど、「分かりました」と頷く。イーダさんは「ありがとう」と言って微笑んだ。

次の日の朝。「昨日の昼の分を取り返さなくちゃ」などと言って朝食をモリモリ食べ、「食べ過ぎた」と三十分休み、イーダさんはモゾモゾと帰り支度を始めた。

「次はいついらっしゃいますか」

「んー。休みになったら？」

それがいつだ、と聞いたつもりだったのだが、不意に休みになったり、急に思い付いて休みにしたりするそうなので、結局本人にも分からないということだ。「お待ちしていますね」と言うと、イーダさんはとても嬉しそうに笑った。

「じゃ、また来ます」

「はーい。お気を付けて」

「……」

お見送りは先生と一緒。自発的に二階から降りてきてくれたことに驚いた私とイーダさんは手を取り合った。

「……行ってしまわれましたね」

彼が居る内は家の中が賑《にぎ》やかだった。去ってしまえばまた穏やかで静かな暮らしが戻ってくる。居なくなった傍からシンとした。三日の滞在だったけれど、何だかもっと長かったような錯覚に陥った。

もう遠くの空を飛んでいる影を追う。何度見ても不思議な光景である。

「ソファが解放された」

先生が屋内に戻る素振りを見せ、ぼそりと呟く。

（ああ、お昼寝できませんでしたものね……）

先生より少し遅れてリビングへ入る。先生はソファに畳んで置いてある毛布やブランケットを片付け始めていた。

「干してから仕舞いますので、隅に置いておいてくださいますか」

先生はひとつ頷くと、きちんと四隅を揃えて畳み直し、部屋の隅にそれらを運ぶ。素直だ、可愛い。

さっさと片付け終わった先生は満足そうにダイニングテーブルの所定の位置に座った。朝食のスープ用に出したクルトンの余りをそのままカリカリ齧《かじ》っている。気に入ったのだろうか。

そのままでは口の中が粉っぽくなろうと思い、カップに紅茶を注《つ》ぎ足《た》した。私も自分のカップに紅茶を補充し、先生の向かいに腰を下ろした。

「……これで君は落ち着くか」

先生が頬杖《ほおづえ》を突き、外に目を向けながらポツリと尋ねた。先生のツンとした鼻先が美しい。胸の中がじんとした。何も言わず、ずっと見守ってくれたのだ。私がバーレイさんのことを気にしている間、ずっと。先生も、私のことを気にかけながら。

「はい。ありがとうございます」

「……何より」

先生の目だけがこちらを向く。瞬《まばた》きの音が聞こえそうなくらい静かな部屋の中。ほのかな朝日が部屋を照らす。白い壁が青を帯びた灰色に光る。紫色の瞳が鮮やかだった。

イーダさんが去って数日。もとい、イーダさんによってバーレイさんのあずかり知らぬところで私に恋心を暴露されてから数日。イーダさんから「気にしてあげて」とは言われたものの、直接バーレイさんに相談されたのではないし、本当にバーレイさんがリリアさんを好きかどうかの確証もない。私は何をどうすればよいのかと考えあぐねていた。

そんな訳で、「気にしておく」ことだけ気にして過ごしていたある日。遂《つい》に私は決定的な現場を目撃することとなった。私が積極的にその機会を狙っていたのではない。偶然が向こうからやってきたのだ。

買い物途中で広場を横切ったとき、リリアさんと宿屋のテオさんに呼び止められた。二人は年こそ少し離れているが、軽口を言い合える程仲が良い。テオさんがリリアさんのバーの常連さんという背景もある。声をかけられた私は勿論、磁石に吸い寄せられる砂鉄のように二人に近付いた。最近の物価はどうだとか、コートデューは相変わらず静かだとか、近頃作って美味しかった料理のことなどを話していると、バーレイさんが広場の入り口に現れた。

「あら、バーレイ君じゃない？」

周りを見ることに長《た》けているリリアさんは直ぐに気付き、バーレイさんに手を振った。

「……っ！」

途端にバーレイさんは目を大きく開いてビタッと固まった。私は内心で「ああ……」と思った。イーダさんは正しかった。これは分かりやすい。バーレイさんは早足で私たちの方へトコトコトコトコやってきた。既に耳が真っ赤である。

何も知らないテオさんは「お？　君は？　初めて会うな」と目を瞬かせた。リリアさんは明るく笑って「最近越してきたバーレイ・ブルーム君よ」と紹介した。テオさんはいい人全開の笑顔で「あぁ！」と笑った。

「君がそうなんだね。俺は宿屋をしているテオって言うよ。よろしくな」

バーレイさんはドギマギしながら「よ、よろしく」と答えた。その顔には、「リリアさんとはどういう関係だろう」と書いてある。目で訴えられたが、微笑んで躱《かわ》した。この場で何を言えというのか。

「バーレイ君はお菓子作りが上手なのよ。時々お店に出させてもらってるの。宿にも卸してもらったら？」

「へええそうなんだ。今度頼もうかな」

「あ、あの。う、ああ」

（バーレイさん、頑張って）

初対面に弱いのか、褒められて面映《おもは》ゆいのか、バーレイさんがカチコチになっている。これは助け舟が要るだろうか。

「あ、いかん。そろそろ行かなくちゃ。じゃあまた、ルシル、バーレイ君。リリアは夜にな」

「待ってるわね～」

「……！」

「バイバーイ」と手を振るリリアさんを見て、バーレイさんが硬直した。大方テオさんが仕事終わりにリリアさんのバーに飲みに行くねという話だろうけれど、バーレイさんには違う意味に聞こえたかもしれない。そろりと横目でどんな顔をしているか窺《うかが》う。

「っ！」

いけない。バーレイさんが泣きそうだ。説明しなくては！　と謎の使命感に襲われた。

「バーレイさん、テオさんは」

「さっきの、恋人……？」

「え？」

（バーレイさん――⁉）

何て顔で何てことを訊くんだ。リリアさんに恋人がいるかどうかを案じているのが丸分かりではないか。私でさえ分かるのに、リリアさんに伝わらないはずがない。私は口を閉じ、リリアさんの対応を待つことにした。どう転ぶのか怖くて下手に口が出せない、とも言う。

「うふふ、違うわよ」

「あ、そ、そうか」

バーレイさんよ。否定されたからといって、何を安心しているのか。あなたは今自分から綱渡りの綱の上を歩き始めたのだ。しかも引き返せなそうな位置からスタートを切っている。リリアさんの一言で、綱から落ちてしまうかもしれない。どうなってしまうのか、私は息を呑んだ。

「ん～知らないフリした方がいいのかしら？」

（わあああ）

あまりにバレバレ過ぎて、逆にリリアさんが私に助けを求めてきた。難しい判断に、脳が汗をかく。

（え、ええとえええと。バーレイさんはまだ想いを打ち明ける気ではないみたいだから……）

「――はい」

「分かったわ」

キリッと応えると、リリアさんはウインクして答えた。可愛い。バーレイさんは事態が分かっていないみたいだったけれど、ウインクの可愛さにやられている。

「あたしもそろそろ行くわね。またね、二人とも」

「はーい。さようなら～」

「ッ分かった！」

バーレイさんと並んでリリアさんを見送る。私はこの赤い顔をした人をどうしたらいいか、非常に悩んだ。

「本当に恋人じゃないんだよな？」

リリアさんが見えなくなったところで、バーレイさんが再度確認を取ってくる。私は大分低いトーンで「テオさんは常連さんですよ」と教えた。そして分かりやすくホッとするバーレイさん。何だか見ていられない。これで隠しているつもりがあるのだったら少しも隠せていないと言ってあげた方が親切かもしれない。

「……お好きなんですか、リリアさんのこと」

堪らずに訊いてみると、ボフッと更に赤くなるバーレイさん。どうやら本気で隠せているつもりだったらしい。無理がある。

「何で知って……！」

「何でって言われましても。見ていれば分かりますよ」

「ま、魔法か……？」

これでは話が進まない。私はやむなく「あれでは誰にでも分かる」としっかり伝えた。バーレイさんはそれを聞き、こちらがびっくりする程びっくりしていた。

「ううう嘘だろ」

「残念ながら」

「本当です」と言葉尻をすぼめる。バーレイさんはその場で蹲《うずくま》った。

「どうか、お気を付けて」

「…………」

ひゅるり。広場に空っ風が吹く。丸くなっているバーレイさんを眺め、数分が経った。彼は今羞恥心と戦っているのだ。私もこれ以上傷付ける真似はしたくない。今は、見つめることしかできないのだ――。

「ルシル」

「はい」

不意に青年が顔を上げる。何やら険しい表情をしていた。

「何でしょう」

「……年下の男って、どう思う」

「見た目の話です？　年はバーレイさんの方が遥かに上ですよ」

何を言っているんだ、と思った。確かにリリアさんは泣き黒子《ぼくろ》がセクシーだし、色っぽくて大人っぽい。が、恋は盲目と言うけれど、そういう基本情報まで分からなくなって大丈夫だろうか。

「くっ！　そうだった！」

バーレイさんは俯き、「不覚！」とばかりに悔しそうに唇を噛む。段々と居た堪れなくなってきた。労《いたわ》りを込めて「バーレイさん」と肩を叩くと、再び名前を呼ばれる。

「二人のときは、どうだったの」

「へ」

「ルシルと、フィリス先生のとき」

矛先がこちらに向けられた。目を泳がせてまごつくと「ねえ」と追撃を食らう。

「～俺、初めてなんだよ。こんなこと思うの。どうしたらいいか全然」

（あ、甘酸っぱい～～～～！）

甘酸っぱい、眩《まぶ》しい。純な気持ちをまともに聞いてしまい、私まで恥ずかしくなってしまった。

「ええ、そう言われましても……！」

「参考にするだけだから！」

断る方が悪いと思ってしまう真っ直ぐな瞳に、私は負けた。力なくよろよろとしゃがみ込み、バーレイさんと視線を合わせる。真実、正真正銘、澄んだ目をしていた。

「わ、私たち、というか、私の場合ですが」

「うん」

「私の方が、その、お慕いしていましたので……。人として素敵だなと思う気持ちに勝るものはなく……」

「言ってしまった！」とワッと両手で顔を覆ったときだった。辺りで一斉に羽音が立つ。バサバサバサブワワワワ。羽ばたきと共に散る羽毛。

「──し、しまった！」

「な、何だ!?」

私は蒼白《そうはく》になって立ち上がった。森目掛けて飛んでいく鳥たちに「待って！」と叫ぶが甲斐《かい》はない。

（せ、先生に言いに行ったんだ……！　またやってしまった……！）

とはいえ、これは鳥たちもやり過ぎだ。彼らに語ったならまだしも、今はバーレイさんに話していたのに。

「報告される……。『ルシルが惚気《のろけ》てたよ』って言われる……」

『全く、どいつもこいつも乙女心が分からないんだから』

「にゃー」と足元から聞こえたと思ったら、マカロンさんが居た。いつの間に来たのだろう。マカロンさんは私の周りを一周すると、ちょこんと正面に座った。

『猫にはちゃんと言ってあるわよ。ルシルちゃんのことも考えなさいって』

「どういうこと」

『あら、アンタそういえば喋れたわね』

私を置いて、バーレイさんとマカロンさんが会話を始めた。先生以外に動物と話している人は滅《めっ》多《た》に見ない。

『猫と鳥は先生への伝達係なのよ。情報を集めては報告してるの』

「へー。俺たちのことも？」

『勿論よ。ねえアンタ、いいこと。人のこと参考にするのはいいけど、まずはアンタの人となりをリリアが気に入らなくちゃ、話にもならないわ。長生きな癖に性急なのね』

マカロンさんが長く鳴いた後、バーレイさんは真剣な面持ちで黙った。私一人が状況を分かっていない。戸惑いながらどちらへともなく「あの」と声をかける。答えてくれたのはバーレイさんだった。

「……俺、頑張ってみる」

私には些《いささ》か唐突に聞こえたけれど、先のマカロンさんとの会話の中で何かあったらしい。素敵なアドバイスでもいただいたのだろうか。詳しくは分からなかったけれど、表情が明るくなっている。瞳に希望の輝きを宿したバーレイさんがすっくと立ち上がり、「ありがとな！」と私とマカロンさんへ溌剌《はつらつ》とした笑顔をくれる。彼のあんなに晴れやかな顔、見たことがない。

生き生きとして歩き去っていく背中に手を振り、私はしょっぱい気持ちで森を背負った。先生は今頃報告を受けていることだろう。再び地面にしゃがみ込んだ私の足に、マカロンさんの肉球がむぎゅっと押し付けられる。励ましてくれているのだろうか。

『先生も怒りはしないでしょ、大丈夫よ』

「はあ……恥ずかし……」

帰った私をジト目の先生が待っていたことは言うまでもない。誰彼、所構わず惚気ているのでは

ないということを必死に説明し、バーレイさんのためだったと言って何とかご納得いただいた。

「忙《せわ》しないことだ」

一通り事情を把握して先生がぼそりと零《こぼ》す。バーレイさんの世界は回り始めたばかり。目まぐるしくて鮮やかなものに触れては驚いていることだろう。

あのリリアさんがバーレイさんをどう思うようになるかは、誰にも分からない。人の恋心は、自由にならないもどかしさがある。たとえ、自分自身のものであっても。

〔四章〕想いを詰める

ちらほらと雪が舞い始めたこの頃。バーレイさんの恋が発覚したのは既に先月の話になった。人の恋路を邪魔すると何かに蹴られると聞いたことがある。馬だったか牛だったか子猫だったか自信がないけれど、とにかく恋路は本人が歩くべきという古《いにしえ》のアドバイス。ずっと気にはなっているが、バーレイさんの恋の進捗状況を知るのは自然に聞こえてくるだけに留《とど》めていた。

たまに真っ赤になってリリアさんと喋《しゃべ》っているバーレイさんを街で見かけては、「頑張ってるな」と見守った。私と先生はどうだった、と喋らされた挙句に鳥たちに報告されるという目に遭ったのだ。そんなに短期間でフラれては私だってやるせない。

バーレイさんの人付き合いは始まったばかり。初めて人を好きになって、迷って悩んで落ち込んで舞い上がって。本人にとっても怒涛《どとう》の出来事なのではないかと思う。

先週の金曜日にパン屋さんの前で会ったが、彼の感情の激しさには驚かされた。

「バーレイさん、こんにちは。お買い物ですか」

「……ああ」

「パン屋さん、入らないんですか？」

「……ああ」

何やら放心しており、様子がおかしかった。目の前でぱちんと手を叩《たた》けば、彼はようやくハッとして私を見た。「ああルシルか」と言われ、呆《あき》れて頭を傾けた。不注意にも程がある。

「さっきから話しかけていましたよ」

「わ、悪い。ちょっと、考えごとしてて……」

「リリアさん？」

バーレイさんは一気に赤くなった。あまりの分かりやすさにこちらまで赤くなってしまった。バーレイさんが聞いてほしそうにしていたので「どうしたのですか」と尋ねてみた。

「チーズケーキが、美味《うま》かったんだって。あれ、すすす好きだって」

「バーレイさん、リリアさんが好きなのはチーズケーキですよ」

彼自身が好きと言われたのかと勘違いするくらい、彼は照れていた。私の水を差すような一言に、「分かってるよ！」と噛《か》みついてきたのは良いが。本当に分かっているのか疑わしい。

何故《なぜ》そんなに好きなのか。訊《き》いてみれば彼曰《いわ》く、答えは「一目惚れ《ひとめぼ》」だそうだ。出会ったあの時に惚れていたなんて、全然気が付かなかった。何でも、本人もよく分からないが、心を強烈に打たれたらしい。もはやどこがとかではなく、全部好きだそうだ。

（うーん、分かる。分かるんだけど……）

彼を見ていてひとつとても心配なことがある。それは、リリアさんに気に入られることが目的になってしまっていないか、ということ。恋を実らせるにはそこが肝心ではあるものの。想いが通じ合っても、それが終着点ではない。むしろ、始まりと言えよう。

（バーレイさん、燃え尽きないだろうか……）

燃え尽きては本末転倒。そこからどういう関係を作り上げていくかが、難しく味わい深いところなのだ。

（と、偉そうに思ってみたけど、私だって、ずっと模索しているもの。難しいことだよね……）

穏やかな生活の中でも、ときには意思疎通に失敗することもあるし、毎日一緒に居るのにまだ分からないと思うことも多い。けれど、そうした関わりを自分の中で価値のあるものにしてゆくのが大事なのだと信じている。それが私にとっての、一緒に生きていくということ。偉そうに人に語るには至らない。私だって傍から見れば危なっかしいのかもしれない。それでも、「正解」にするのは自分達しかいないのだ。

そう。だから――。

「ご免くださーい、お届けものでーす」

「はぁーい。ありがとうござ……ん？」

たとえ、『フィリス様』と書かれたハートマークだらけの手紙が届いたとしても、放り出してはいけないのだ。

「…………？」

たっぷり数十秒、私は呆然《ぼうぜん》とした。テーブルに置いた手紙を前に、しきりに首を捻《ひね》る。はっきり言って、ここのところで一番当惑している。

「いやでも、ちょっ。ええ……？」

手紙が届いたのはついさっき。いつもの郵便屋さんがいつものように届けてくれた。先生宛というので、毎度おなじみのスパイスの包みが届いたのかと思いきや。

ピンクの封筒に、手書きのハートマークがこれでもかと書き殴られている。そこから見出《みいだ》せるのはもはや好意ではない。怨念めいた印象さえ受け、恐怖心を煽《あお》られる。『フィリス様』の文字がやけに達筆なのも気になる。

何故先生宛にこんなものが。悪戯だとしたら、よく先生相手に、とある意味感心してしまう。様相からしてラブレターの可能性も否めないが、もしそうなら書いた人には悪いが想いのぶつけ方に検討の余地がある。

「見ようによっては可愛《かわい》くも……いややっぱりちょっと怖い……！」

とにかく早く見せなくてはという気持ちがとても強く働き、私は手紙を摘まんで二階へ上がり、先生の部屋のドアをノックした。

「何か」

現れた先生に封筒を見せる。先生は思い切り眉間を寄せた。

「これは」

「先程郵便で届きました」

先生は「悪質な」と呟《つぶや》きながら手紙を受け取った。送り主の名前が書いていなかったけれど、誰からのものか分かっているのだろうか。

「人の気分を害することに人生を懸けている者からだ」

私は「ええ」と仰《の》け反《ぞ》った。先生にそんな知り合いがいることが驚きだ。先生はペーパーナイフを手にすると、躊躇《ためら》いなく封を切った。すると、とんでもなく不思議なことが起こった。

『フィリス〜〜〜〜! 久し振りだなあ〜〜! 百年振りか? はははなんちゃってそんな』

何と、どこかから声が響き渡り……。

ボッ!

「!?」

急に手紙が発火した。同時に出所の分からない謎の声も止《や》んだ。諸々《もろもろ》について何が起こったのか頭が追いつかず、私は目を白黒させた。腰を抜かさなかっただけ偉いと思う。

(え!? 何!? 何か聞こえた! とてもひょうきんな感じの声が!)

先生に説明を求めようとその顔を見ると——。

「…………」

真顔だった。感情ひとつない顔をして、手の中の炎と手紙を見つめている。手紙の送り主の期待通り、それはそれは気分を害しているようだった。燃やして良かったのですか、と訊くのも憚《はばか》られる程剝《む》き出《だ》しの嫌悪感。

「聞くに堪えなかった。つい」

「左様ですか……」

「きっとまた来る。妙な物が届いたら私へ」

「ご用があるのでしょうか」

「予想はついている」

先生の顔にとても面倒くさい、と書いてある。知り合いからの手紙なのに、嬉《うれ》しくないらしい。

それにしても。

(先生のこと、「フィリス」って言うくらいだもの。親しい人なのではないのかな)

声を届ける手紙なんて不思議なもの、初めて見た。お相手は勿論《もちろん》魔法使い。一体どんな人なのだろう。本格的に降り始めた雪を見ながら、想像を膨らませた。


「来た」

先の手紙がアレだったので、覚悟はしていた。次もきっと受け取るのが厳しめな物だろうと。今日も届けてくれたのは郵便屋さん。手渡してくれるときにちょっと苦笑いしていたのを見た。それもそのはず。

「先生ー！　届きました！　何か、ええと、何か凄《すご》く可愛いデコレーションの小包です」

とても濃い赤の包み。ピンクと白のリボンがかけられている。そして宛名にはやはり渋い筆跡の

「フィリス様」。どういう人がこれを送ってきているのか、好奇心が刺激されまくりである。私は急いで階段を駆け上がり、既にドアを開けて待っていた先生にそれをパスした。

先生は物凄く嫌そうな顔で、砂糖菓子で作ったような可愛らしいリボンを解《ほど》いた。「悪質な」とまた聞こえる。開封して出てきたのは、手紙ではなくぬいぐるみだった。

「可愛い……」

それは愛くるしいウサギのぬいぐるみ。ふわふわした白い毛のウサギさん。少し大きめな子で、これを子供が持ったら抱えているのか抱えられているのか、というサイズ。赤い目に青いチョッキがとてもお洒落《しゃれ》である。

「中を検《あらた》める」

「!?」

ウサギの可愛さについて何の感動もない先生は手に大きな鋏《はさみ》を持っていた。まさかそれでウサギさんをどうしようというのだろう。いくら本物のウサギでないにしろ、何だか心が痛む。可哀想《かわいそう》になってウサギを見ると、赤い目がキラリと光る。「助けて」と訴えられているような気がした。

「…………綺麗《きれい》に縫ってあげますからね」

『違ううう！』

ウサギは両耳を先生に纏《まと》めて摑《つか》まれたまま叫んだ。ウサギが叫んだ、というのは語弊があるが、とにかくぬいぐるみから声が聞こえてきた。私は度肝を抜かれ、今日こそドッと尻もちをついた。

『何でだ！　検めるな！　中身を！　綿しかないわ！』

可愛らしい見た目に反して、先日と同じ、しゃがれた高めの声だった。驚くことばかりで心臓が不安なくらいドキドキドキドキしている。健康上良くない気がする。

「貴様が化けていては事だろう」

『尚更《なおさら》切るな！』

呆気《あっけ》に取られて先生とウサギのぬいぐるみのやり取りを床から眺める。「人の気分を害することに人生を懸けている」送り主の魔法使いは、本日はどうやらご立腹のようだ。

『小生の手縫いだぞ！　丁重に扱え！』

(手縫いなんだ)

「…………」

私が妙なところに感心する一方、先生は煩《うるさ》そうに顔をしかめた。ウサギを検めても意味がないと知り、鋏を机に置く。

「用は」

『はーん！　嫌だね！　それは次の便を待て！』

先生が小声で「こいつ……」と呟いた。

『もう送っちゃったよー！　じゃあなー！』

「…………」

空気が冷たいのは外気のせいではない。先生は無言でウサギを持ち上げていた腕を下ろした。ぶらん、と耳だけを持たれたウサギさんが揺れる。

「どういった方なのですか……何だかとっても面倒く、失礼しました、変わった方ですね」

「落ち着くという概念がないのだろう」

「古いお知り合いですか」

先生は何も答えない。あまり訊いてはいけなかっただろうか。私の狼狽《うろた》えた気配を察したのか、先生の目から鋭さが消える。

「……世界樹の研究者の一人だ。用件は研究発表の会合についてだろう」

「ええと、以前お話をお伺いした……協会の研究機関の方、ですか？」

「左様」

先生は酷《ひど》く気だるげな様子で首を傾けた。

「十年に一度会合があり、呼ばれる。行かないが」

(行かないんだ)

しかし行かない理由は予想が付く。向こうが協会だから。協会に与《くみ》さない先生は、たとえ同じ研究者でも距離を置いている。

「だから資料だけ送れと言われる」

「それは送られるのですか」

「送る。……他の研究者の報告の資料と引き換えにされる」

先生は「やむを得ない」と言ってため息を吐《つ》いた。

「用だけ伝えればいいものを。いつも余計なやり取りをさせられる」

（それは、先生に構ってほしいからなのでは）

協会ができる前は、一緒に研究をしていたという話だったはず。離れてしまったけれど、あちらからすれば今でも大事な仲間なのではないか。きっかけがなくては近付けないだけなのでは。

そう思えば、「小生」さんがわざわざ手縫いのウサギさんを送ったことが何だかいじらしい。魔法でなく、手縫いなのだ。

私は両耳を握られているウサギさんを指して、先生に尋ねた。

「その子どうされますか？」

「不気味だから燃や」

「ください！」

危ないところだった。尋ねなければウサギさんが灰になるところだった。先生の目には少しも愛らしく映っていないらしい。

ぬいぐるみを無心した私を、先生が訝《いぶか》しむようにジロリと見る。

先生はスッとぬいぐるみを持つ手を私から遠ざけるように掲げた。くれようという意志とは反対のものを感じる。

「魔法の媒介となったものだ。君が欲しいと言うのなら、除法してから。呪い憑《つ》きであれば触れさせない」

小生さん、先生からの信用が薄い。

(凄く欲しい、ということではないのだけど。燃やすのが忍びないだけで……)

先生が早速「呪いはなし」と確認をする傍《そば》では、如何《いかん》とも言い難かった。

「しばし預かる。いいな」

「……はい」

こうしてしばらくの間、先生の部屋にウサギのぬいぐるみが置かれることになった。局所的に可愛らしくなった部屋を見て、ついホンワカした気持ちになってしまった。

後日、小生さんの言った通り、先の二つに続いてまた家に届け物があった。

段々とサイズアップしていく趣向だろうか。今度は一メートル四方の大きな箱である。郵便屋さんがえんやこらと重そうに運んできた。何ならご親切に「大変ですので」とリビングまで搬入してくれた。

「はあ、はあ。では、確かにお届けしました」

「スミマセン……」

息を弾ませる郵便屋さんに申し訳なくなって、私のせいでもないのに謝ってしまった。「これで最後だと思います」と言うと、郵便屋さんはホッとした顔を浮かべて去ってゆく。

「魔法じゃなくて、郵便で送られるんですね」と何となくずっと疑問だったことを口にすると、先生から「それは彼への嫌がらせだ」と返ってきた。郵便屋さんに何の恨みがあるというのだ。

「からかっているだけだ」

遊びで彼を困らせるとはけしからない。少し親しみを抱いていた小生さんだが、その一言で大きく心の距離を取る。

先生はいい加減うんざりした面持ちで第三の箱を開けた。あんなに重たそうに郵便屋さんが運んでくれたのだ。一体今回は何が入っているのだろう。怖いもの見たさが私の背中を押す。果たして中にあったものは。

「……空ですね」

「いや、何かある」

若干苛々《いらいら》し始めた先生が箱の奥に手を伸ばす。それは一枚のただのメモ用紙だった。

『ご存じでしたか？　十年前の会合をスキップしていたことを。今回こそやります。それなりの研究成果が出ていることを期待しています。欠席の者は資料を送ること。期限は来月の中旬とする。尚、提出のない場合は他の一切の資料の共有はされ得ぬことご了承されたし。かしこ』

書かれていたのは以上である。こんなに大掛かりなことをしてきた割にはあっさりとした内容だった。いや、全てはこの「なあんだ」という気持ちにさせるための布石だったのかもしれない。

「…………最初のお手紙で済んでいたのでは」

「あれには無意味なことしか書かれていなかった。無駄なところに力を注ぐ」

先生は大き目にため息を吐き、「さて」とメモをダイニングテーブルに置いた。

「存外締め切りが近い」

「そうですね……」

今日から数えてあとひと月半しかない。まさか通算二十年分の研究成果の纏めをこれからするのではと不穏な予感がした。「まさかね」と思いながら、柔らかく先生に尋ねてみる。しかし。

「成果を披露するために研究しているのではない」

私は目を見開いた。つまり、そういうことだ。これから纏めると言っているのだ。

「それは皆同じこと」

しかも全員。関係者ではない私が何故か心配になった。皆さん間に合うのか。

「いつもこんなものだ。呆れたことだろう」

「いえ、そういうつもりは」

「故にしばらく籠もる」

先生は非常に決まりが悪そうに言った。「割といつも籠もっていますが」と頭に浮かんだけれど、

「承知しました」と言うだけに留めておいた。

そして、先生のその宣言が本当にその通りだと知るのは、直《す》ぐのことだった。

次の日の朝。先生が定時に降りてきた。朝食を摂《と》り、飲み物を持って二階へ。私は洗濯をし、掃除を進めた。

昼。先生が定時に降りてきた。昼食を摂り、飲み物を持って二階へ。私はお風呂の用意と夕食の仕込みに精を出した。

夜。先生が定時に降りてきた。夕食を摂り、お風呂へ。上がったら飲み物を持って二階へ消えた。

本日先生を見たのはこれだけ。ソファに息抜きさえしに来なかった。

(これは……久々の感じ)

この生活には覚えがある。家政婦として就業していた頃の、初期も初期の先生だ。一体どういう人なのか、上で何をしているのか、まだ探り探りだった時代。

必要最低限しか一階にやってこない先生に戻ってしまった。しかしあの頃と事情は異なる。今の私は先生が上で何をしているのか何となく知っている。

本日一日で悟った。これは大変なことなのだ、と。寸暇を惜しんで取り組んでいるのだということを。

(サポートしなくては!)

私は一人残された夜のリビングで拳を握った。

今私がすべきことは手厚いフォロー。意識を研究のまとめに集中させている先生のお邪魔にならするのだ。

ないよう、そーっと過ごし、先生が不便のないように定期的に物資を届け、栄養のあるものを提供

「いつまで起きてらっしゃるのだろう」

二階へ続く階段を見遣《みや》る。夜食は要るだろうか。飲み物は足りているだろうか。私ができること

は、ないだろうか。せめて、私がお風呂から上がったら追加の紅茶を持っていこう。

そしてさらに次の日。先生が昼食を終えて二時間後。つまり十四時半のことであるが、私はせっ

せと間食用の食べ物を拵《こしら》えていた。そろそろ小腹が空いてくるのではないか、と予想した。

スパイスを投入したケーキ。卵白だけで作るふわふわもっちりとした食感。夕食までのつなぎに

丁度良いだろう。一緒に出す飲み物はココア。頭を使うときは甘いものがいいと兄が言っていた。

（本当は一緒に食べたいけど……）

涙を呑《の》み、トレイにカップとケーキを載せて慎重に階段を上がる。聞こえるか聞こえないかくら

いの強さでドアをノックした。少しして、眼鏡《めがね》を装着した先生がドアを開ける。

「差し入れです」

「……」

先生はトレイと私を見比べ、「ありがたい」と呟く。難しい感じに皺《しわ》の寄っていた先生の額がフ

ッと緩んだ。

（お疲れだわ！）

眼鏡の奥の瞳が細められる。より一層、私がお支えしなくてはならないという気持ちに駆り立てられた。

それから数回の差し入れを経て、傾向と対策を練った。差し入れは、できたてを持って部屋に伺うよりも最初から二階に上がるときにお持たせした方がよさそうだということ。特に今はずっと集中しているようなので、切れ目のタイミングが分からない。思考の邪魔をしたくなく、最初から持っていってもらうことにした。

「どうぞ」と午前中に焼いたクッキーを小皿に載せて飲み物と共に先生に手渡せば、意図を察したらしく、先生は「助かる」と受け取った。

(よしよし)

更に。夜は二階に上がる前に夜食のリクエストを受け付けることにしたらどうだろうと閃《ひらめ》いた。何時に何を、と決めていたらノックせずとも部屋の前に置いておけばいい。先生の良いタイミングで夜食を回収すればいいのだ。先生にそのように提案すれば、遠慮したのか躊躇いを見せた。

「要らない日は要らないとおっしゃっていただければ結構ですので」

「……君の負担が増えよう」

「やりたくてやろうとしていることです。できればやらせていただく方が嬉しいです」

しばし考えた後、遠慮がちに先生がリクエストしたのはスープだった。私は喜んで承った。我ながらナイスアイデアと自画自賛し、約束の時間通り部屋の前に卵とほうれん草のスープを届けた。

次の日スープカップを持って降りてきた先生から「美味かった」と珍しく言葉で感想をいただいた。嬉しくて跳ねる反面、余程大変なんだな、と苦労が偲《しの》ばれる。今までこういうときは一人でどうしていたのだろうか、と過去の先生が心配になった。

それから数日が過ぎ。先生は寸分も狂わぬ時間管理で生活した。挨拶を交わし、尋ねればとてもざっくり進捗を教えてくれる。

(考えてる……)

頭の中が考えごとでいっぱいなのは明らかで、声をかけるのも様子を見ながらが良い、ということも察した。そもそも「進みましたか」と迂闊《うかつ》に訊くのは、追い詰めるようでよろしくなかった。

——先生が極めて忙しくしている一方。

「暇……」

私はついに暇を持て余した。先生の本格的な巣ごもり生活の応援態勢も整い、先生も私も慣れてきた。何が要るだろう、アレをした方がいいのではと思うことは一通りやってしまった。先生は上から降りてこないし、新たな要望もない。

模索している内は良かった。気は紛れていた。しかし、今となっては。

庭仕事がさして忙しくない季節はどうしても家の中で過ごすことになる。掃除も洗濯も済んでしまえば「さてどうしよう」という体たらく。一人でお茶をしてもイマイチ楽しくなく、編み物をしていても集中力が続かない。二階から先生が降りてこないか気にしてしまうのだ。つまり、先生がいなくてはつまらないのである。

だらりとダイニングテーブルに伸びる。

(最近、よく一緒に居てくれたからなあ……)

ソファで寝に来るときも、前より長く一階に居てくれたり。ただただ顔を見に降りてきてくれたり。

「うーん。手持ち無沙汰」

項垂《うなだ》れながら買い物に街へ降りる。何となく面白くなくて地面を擦《こす》るようにのたのたと歩いていると、前方に見知った顔を見つけた。

(リリアさん、とバーレイさん)

二人は少し先にある建物の角のところで話をしていた。リリアさんは相変わらず綺麗で可愛いし、バーレイさんは分かりやすく照れている。リリアさんはどういう気持ちで居るのだろう。

「じゃあね、そろそろ行くわ」

「わ、分かった！　ありがとう！」

「ありがとう！」だって。何て素直なんだ。私に向けるあのブスッとした顔は一体何なのか。自分がどんな顔をしているのか彼は知っているだろうか。見ているこちらがこそばゆい。

(野次馬《やじうま》してないで、私も行こう)

目当ての毛糸屋さんに向かおうと小道に入ろうとしたとき、「あの！」と青年の声が人気《ひとけ》のない通りに響いた。私は入りかけた小道をバックし、ひょいと顔を出した。すると、さっきまで二人が話していた角にはまだバーレイさんが立っており、背を向けようとしているリリアさんが驚いた様子で目を瞬かせていた。

「～～あの。いつも綺麗だと、思って」

完熟のトマトぐらい真っ赤になったバーレイさんが絞り出すように声を発する。彼の緊張がダイレクトに伝わってきて全身がくすぐったさに襲われる。

（ど、どうなる⁉）

事の次第は気になるが、好奇心よりもバーレイさんへの心配が勝って、私はその場から動けなくなってしまった。何だか隠れて盗み見をしているようで気が咎《とが》めるが、このまま放ってはおけない。

「……？　ありがとう？」

別れの挨拶をしたというのに、唐突に「綺麗だ」と言われたリリアさんは不思議そうにしながら微笑《ほほえ》んだ。明らかにちょっとタイミングがずれている。二人の間に微妙な空気が漂っていた。バーレイさんはどういうつもりなのだろうか。

「初めて会ったときから、そう思ってて……ずっと言いたくて」

（バ、バーレイさんんん）

甘酸っぱさが尋常じゃない。助けて！　と私は何かに訴えた。想いが溢《あふ》れるというのは、身に覚えがある。きっと彼は今そういう気持ちになってしまったのだ。心を揺さぶる瞬間は、不意に訪れる。

「そうなの？　嬉しいわ」

言われ慣れているであろうリリアさんは、存外嬉しそうだった。バーレイさん程の純粋さを持った人は珍しいのかもしれない。

(良かった、リリアさんの反応がいい感じで)

「本当に！」

(ん？)

ひと際大きくバーレイさんがまた声を発する。瞬間、私の胸の中にピンと嫌な予感が走った。この胸騒ぎは一体。

「本気でそう思ってる」

「え、ええと？」

リリアさんも妙な気配を察したのか、戸惑いを見せた。気が付いていないのはバーレイさんだけ。

私が「まさか」と思ったのと、バーレイさんがリリアさんに向かって「好きなんだ！」と叫んだのは殆《ほとん》ど同時だった。

「…………」

辺りを静寂が包む。通りには幸い私たちしか居ない。彼らからしたら、二人だけのつもりだろう。

沈黙は肌を刺し、一瞬を永遠に感じさせた。バーレイさんは熱に浮かされた様に立ち尽くしたままで、リリアさんはそんなバーレイさんを見つめていた。

固唾を飲んで見守る中、コツリとリリアさんの靴が石畳を鳴らす。去ろうとしていた彼女はきちんとバーレイさんに向き合った。彼女の第一声はいかなるものか。

「……お付き合いを、ということであれば。ごめんなさい」

「！」

（はっ！）

リリアさんは静かな声で言ったが、バーレイさんへの衝撃は大きい。ぐらっとよろめきそうになったバーレイさんは足に力を入れて何とか堪《こら》えた。

「どうして、と訊きたいかしら」

リリアさんはバーレイさんの心を読み取り、淡々と続ける。しかしその声色には、残念さが混じっているような気がした。

無言で微《かす》かにバーレイさんが頷《うなず》くのを確認し、リリアさんは「それはね」と答える。

「あなたと私とでは、寿命がとっても違うんでしょう。申し訳ないけれど、お付き合いを考えるなら、そこから目を逸《そ》らすことはできないわ」

「……寿命が違うから、駄目ってこと……？」

呆然とバーレイさんが言う。初めから望みはなかったのか、と瞳が問いかけていた。リリアさんは「いいえ」とはっきり否定する。

「だから、大きな寿命の差を受け入れる覚悟ができる程、あなたを好きじゃないと無理ってことよ。遊びで付き合うつもりもないし。私たち、今それ程の関係じゃないでしょう」

「…………」

(リリアさん)

リリアさんは眉を下げて「ごめんね」と繰り返す。そして一度だけバーレイさんの頭を優しく撫《な》でて今度こそ背を向けた。バーレイさんは何も言えなかった。

通りの向こうへと消えていったリリアさんの影。バーレイさんは見えなくなってからもずっと同じ方を眺めている。放心しているようだった。

(……あのままにはしてはおけない)

私は勇気を出して小道を出ると、足早にバーレイさんに近付いた。何と声をかけてよいやら分からなかったが、とりあえず「バーレイさん」と名を呼んでみた。

「……」

返事がない。どうしたものかと考えて彼の顔を見ると、ツーと両の目から涙が流れて筋を作った。私はギョッとして目を見張った。

「俺……馬鹿なの？」

何が起きたのか、何をしてしまったのか。後悔とショックがバーレイさんを呑み込んでいる。生気を失った青年はそれ以上の言葉を紡ぐことなく、ただただ涙を流し続けた。

私は殆ど引きずるようにして彼の家へと彼を連れていった。家の中に入ると、バーレイさんは崩れ落ちるように膝を突いた。傷は深い。

私はバーレイさんに「お部屋に行って座りましょう」と提案した。ずるずると壁伝いに進む青年。相当落ち込んでいる。

続いて家の中にお邪魔すると、エレーナさんが「帰ったの？」と自身の部屋から出てきた。バーレイさんの帰宅を確認しに来た彼女と、バチッと目が合った。彼女にちゃんと会うのはいつ振りだろう。少し緊張を覚えた私とは違い、エレーナさんは「あらルシルさん」と至って普通の態度だった。しかし力なく椅子に腰かける孫を見て「あらまあ」と驚く。

「何があったの？」

「え。ええと」

「例の女の子？」

エレーナさんがズバリと当て、バーレイさんが無言で頷く。私は「え」と目を点にした。

(リリアさんのこと、エレーナさんに言ってたんだ。す、すごい……)

エレーナさんは「そう」と低く呟いた。

「……失敗した……」

重い空気の中、バーレイさんが低く何か言った。私とエレーナさんは顔を見合わせる。優しく「何て？」と訊き返すと、力なくまた何かもにょもにょ聞こえてきた。さっきよりは聞き取りやすい。

「つい。言っちゃった。すげー好きって思っちゃって」

（思っちゃったか……）

想いが溢れてしまうという現象は一体何なのだろう。私もしばしば溢れてしまう。言葉でどうしようもなくて抱き着くこともあれば、泣いてしまうことも。

「…………本当馬鹿」

エレーナさんはバーレイさんの言葉にじっと耳を傾けている。

（リリアさんからすれば悩む余地もない段階だったんだろうなあ）

彼女の返事は「今は覚悟できる程好きじゃないから」。誠実で正直な答えだったと思う。「今は」ということは、このまま会話を重ねて、互いを知っていけば未来は分からなかったかもしれない。バーレイさんの気持ちを知っていたリリアさんは、今後に期待があったのだろうか。それとも、人当たりのいい彼女だから、何事もない顔で接していたのか。それは彼女にしか分からないことである。

（ちょっぴり残念そうではあったから、全くない話ではなかったのかもしれない）

「バーレイ。それが人と生きるということよ」

黙って話を聞いていたエレーナさんが、孫の頭を撫でながら優しい声で話しかけた。エレーナさんは何度も何度も撫でる手を繰り返す。

「残念だったわね。でもこれで絶望しては駄目よ。もしもあなたが、望んだ幸福を得ていたら、いつか今以上の苦悩を得ることを覚悟しなくてはならなかったのだから」

（エレーナさん……）

「でも。あなたはそれでも、また立ち上がれる？」

バーレイさんがゆっくりと顔を上げる。涙の跡がくっきりと残り、後から後からその筋を上書きするように水滴が伝っている。

「次、頑張りなさいな。あなたは世界を泳ぎ始めたばかりなのだから」

「……ばあちゃん」

涙声だった。

「なあに」

「そんなこと言うと思わなかった。だからよしておけばよかったのに、って言われると思った」

「やあね。さ、今日は部屋に戻ってお休み。いいこと。落ち込み過ぎては駄目よ」

エレーナさんはそう言ってバーレイさんを椅子から立たせると、自分の部屋に行くように促した。

バーレイさんは私に「ごめん」と一言残すと、背中を丸くして家の奥へ消えた。当然落ち込んではいるものの、エレーナさんの言葉で多少顔色が良くなったように見えた。

（「ごめん」なんていいですよ……）

彼が消えた方を見ながら案じていると、「ルシルさん」と名前を呼ばれる。エレーナさんが眉を下げて私を見ていた。何にも頼らず立っているのが辛《つら》いのか、エレーナさんはテーブルに手を突いて体を支え、さっきまでバーレイさんが座っていた椅子に腰かけた。

「お世話をおかけしましたね。あの子ったら」

「いえ。居合わせてしまって。大丈夫でしょうか」

「しばらくそうっとしてあげてください。私が責任持って励まします。全く、好きな方がいると聞いてから心配していましたが……」

内心「そうでしょうね」と思った。エレーナさんは、コルテスさんとの食事会以降も人と距離を置いたままだった。家を訪れたとき、挨拶だけ交わして閉じられてしまうドアを眺めては寂しい気持ちになった。彼女の気持ちは変わっていないのだと。

だから、いくら許容範囲を広げ、バーレイさんが街の人と交流することを認めたとしても、深い関係になることをエレーナさんが案じないはずはないのだ。きっとずっと、バーレイさんの人間関係を心配し続けていたに違いない。

「ここだけのお話。上手《うま》くいかなくて良かったと思っているのよ」

「そう、ですか……」

私の耳には「応援もできなかった」と聞こえた。心配はしても、せめて上手くいかないことは願ってほしくなかったという私の気持ちが流れ出す。思い切り怪訝《けげん》な態度を取ってしまった私に、エレーナさんは困ったように微笑んだ。

「初めての恋に舞い上がっているのが手に取るように分かって、気が気ではありませんでした。考えなしに深い仲になっては、あの子も相手の方も後に傷付いたでしょう」

「…………ああ」

エレーナさんの声は、いつにも増してずっと優しく、悲し気だった。私の胸の中でさっき広がった暗い気持ちが消えていく。

「あれこれまた口を出しても煩がられると思って静観していました。実はさっき何があったかは鳥たちが速報を届けてくれました。相手の方は、しっかりした方ですわね。私の言いたかったことをきちんと伝えてくださいました」

「……」

「あなたにはこんな後ろ向きなことばかり言って、嫌な気持ちにさせてしまったかしら」

私は「いいえ」と首を小さく振った。彼女が何を言いたかったのか、よく分かった。リリアさんが言った通り、「覚悟をしなくてはならない」ということを理解していないのでは、と案じていたということだ。エレーナさんの心配は当たり、そしてエレーナさんがひとまず安心する結果になった。

「……あの、お気を悪くされたらすみません。本当に、お訊きするだけなのですが」

「何かしら」

エレーナさんの瞳が優しく細められる。慈愛の籠もった眼差《まなざ》しだった。まるで、愛《いと》しい者でも見るような。私はいつにない親近感を向けられたまま、ずっと聞きたかったことを口にした。

「やっぱり、人と深く関わって生きるのには抵抗がありますか」

エレーナさんの笑みが深まる。その話題には触れてくれるなと言われるかと思ったが、彼女は「そうねえ」とため息混じりにしみじみと言った。そして何の前置きもなく、彼女は私に大事なことを打ち明けてくれた。

「娘がね、魔法を使えない彼と一緒になったでしょう？」

「え！」

つい大きな声を上げると、エレーナさんは「あら、言っていなかったかしら」とキョトンとした。私はそんな彼女に呆然とした。聞いていたら忘れるはずがない。だって、それは、つまり。

(私と、先生の間柄のような……)

エレーナさんは私の心の中を読んだかのように「そうね」と呟いた。

「あなた方が家に揃《そろ》って来られたとき、少し胸が痛んだのは事実です」

彼女から向けれらた冷たい視線を思い出した。ゾッとする程、冷たかったあの目を。

「……今、娘さんは」

エレーナさんは深く息を吐き、遠くを見た。

「幸せは彼女にとって一瞬だったけれど、彼を失い消えない傷になりました。あの子は長く深い悲しみに囚《とら》われて、私の前から消えてしまったの」

（そんな……！）

どうしてバーレイさんがエレーナさんと暮らしているのかが、今明らかになった。同時に私は大きな衝撃に見舞われる。とても他人事《ひとごと》としては聞けない、ショックな話だった。

心の中を見せない彼女が抱えていたのは、私には計り知れないような暗い過去だったのだ。絶望。それ以外の何物でもない。

あまりのことに言葉が見つからない。ただ、口が無意味に動くだけ。

「……ここのところ、バーレイは楽しそうだったわ。あの方に熱を上げてから」

動揺している私に対し、エレーナさんは至って穏やかだった。庭の方から差し込む光がほのかに彼女を照らしている。私は突っ立ったまま、彼女を見下ろした。

「彼女のために色々作って。上手に話せないのにしきりに話しかけて。些細《ささい》なことで嫌われていないか心配して。本当に、とても生き生きとしていたわ。それがあの子に……娘にそっくりで」

エレーナさんの視線の先には、誰かが居るようだった。

「娘も本当に幸せそうで、毎日輝いていたわ。そう、だから……私もこちら側で生きていく決心をしたのよ」

「決心……？」

「丁度、魔法使いとそうでない人が決別しようとしていた時期でした。もう遠い昔のことよ」

ただただポカンと話を聞いている私を前に、エレーナさんは「ふふ」と手で口元を隠した。

「そういうことを、バーレイを見ていたら思い出しました。……あの子が居てくれて良かった」

エレーナさんの顔は、どこか晴れ晴れとしていた。木々の新緑が芽吹くような瑞々《みずみず》しさと、柔らかさを湛《たた》えていた。

「生きていれば皆経験することだというのに。私も娘も、悲しみと距離を取るのが上手ではなかったのね」

（エレーナさん……）

私はいつか、彼女に「あなたは一生幸せかもしれないわね」、「気楽で羨ましいと思うわ」と言われたことを思い出した。今思えば、彼女からすると、あのときの私の回答は本当に能天気なものだったのだろう。

（魔法使い側の悲しみは、よく分かった。でも、できれば……こちらの想いも知ってほしい）

私は一歩彼女に近付き、その目を見た。深い緑の瞳が静かにそこに居る。

「エレーナさん。私……」

「なあに？」

「現実は違うと言われてしまうかもしれませんが、一応、考えていることはあって。私は、私があの家から居なくなっても、あそこに穏やかな空気が残っているようにしたいのです」

「……」

エレーナさんは、黙って私の言葉に耳を傾ける。私は懸命に話し続けた。

「それはきっと直ぐに叶《かな》うことではありません。積み重ねた日々の結果なのだと思います。実際にどうなるかは誰にも分かりませんが、私はそうなればいいな、と願っています。だから、私、先生とは、自然に過ごしていたいんです」

普通に生活して、普通にドキドキして、普通に想い合って。先を憂いてばかりでは、私の願いは遠ざかってしまうだろう。

「強い印象はなく、あなた方からしたら風のように通り過ぎてしまうのかもしれません。きっと、とっても難しいことなのでしょう。それでも、やっぱり、私は……」

エレーナさんは何か考え込むように俯《うつむ》いた。浅はかだと、呆れられてはいないと思う。話している間、真剣に聞いてくれていた。

立ったままその場で見守っていると、やがて彼女は顔を上げた。

「本当に、私は失礼なことを言ったわね。……『彼』も、そうだったのかしら」

エレーナさんはそう言って私の手を握った。

「フィリスさんはお幸せでしょう。どうぞ、私たちともよろしくね」

「……！」

いつの間にか、目に溜《た》まっていた涙が落ちた。私はただ頷くだけの返事しかできなかったけれど、エレーナさんは「ありがとう」とキラキラした声で嬉しそうに笑った。

「ただいま戻りました」

家のドアを開き、部屋の中に声をかける。しかし返事はない。リビングに入っても先生は居ない。静かなものである。

どうしてだろう。突然、慣れ親しんだキッチン、リビングが空虚なものに感じた。そこはかとない寂しさが私を襲う。

（エレーナさんのお話を聞いたからかな……）

「よいしょ」とダイニングの椅子に腰かけ、一息ついた。テーブルに頭を預け、誰も座っていないソファに顔を向ける。時計の針は十六時を指していた。定時になれば先生が降りてくる。

（根を詰めているから、食事のときだけでも息抜きしていただかないと）

けれど食事とお風呂が済めばまた直ぐ二階へ消えてしまう。私は夜食を作って、部屋の前に届けて、また明日の朝。同じ家に居るのに中々会えない。今は仕方ないと分かっているからいいが。

（……ずっとでは、確かに辛いよね）

長い間悲しみに暮れていたエレーナさんたち。もしも、もしも私が彼女の娘さんの立場だったらどうするだろう。目を瞑《つぶ》って想像してみたが、きっとこの程度ではないのだろうな、と思うくらいのことしか浮かばない。

「先生は……どうだろう」

先生は、何事にも距離を取るのが上手い。上手い、というかむしろ距離を取りたがる。分かりやすく積極的に進んで人からの干渉を断るのが先生だ。割り切らないと人と生きていけないから、深く関係を築かないようにしていたエレーナさんとは大分タイプが違う。

(それでも……私が居なくなっても全然平気だとは思わない)

胸がずきりと痛みを覚える。

私が居なくなったことを憂うよりも、私と居たことを愛《いつく》しんでほしい。私と居たことで悲しみに苛《さいな》まれるよりも、私と居たことで前を向いて歩いてほしい。

(私も、先生と居ることでそうありたいと思う)

「……はあー」

両手で顔を覆い、胸に溜まった切ない気持ちを吐き出した。

私と先生が想い合うようになれた環境を、ずっと守っていきたい。私も先生も、それが心地よくて、その中で互いを見出《みいだ》して、今に至るのだから。

「……うん」

顔を上げ、再び誰も居ないソファを見た。次いで、上に続く階段を見遣る。頑張っている先生に、何か他にできることはないのか。まだやれることが、いや、まだやりたいことがあるはずだ。

私が先生を想ってすることは、全てが先生のためではない。自分のためでもあるのだから。あなたを想って私が私のためにしたことを、後で「そんなことしてたのか」と呆れて笑ってくればいい。それが、明日であっても、ずっと先であっても。

「よし」

エプロンをパン、とはたいて皺を伸ばす。いつもより姿勢の良い私が、いつものキッチンに立った。

「何だか美味《おい》しいものができてしまった……！」

新たな気持ちで作った夕食に続き、夜食も上々の出来だった。過去で一、二を争うと思われる。トロトロに煮た豚肉とラディッシュのスープ。風味付けにスターアニスを投入。ここに来て初めて知り、最近やっと使い方を会得したスパイスのひとつである。分かり合えるまで長い戦いだった。渾身《こんしん》のスープにジンジャーの砂糖漬けを小皿で添える。これで美味しく温まってもらいたい。

（到着。間に合いました）

零《こぼ》さないように注意して、約束の時間通りに部屋の前に置いた。

現在時刻は二十二時。いったいいつ寝ているのか。そもそも就寝時間については普段からよく知らないが、寝るのが得意な先生が近頃寝不足気味な顔つきをしているので、きっと睡眠時間を削っているのだろう。

（十年に一度、か）

結構スパンが長い。かと思えばタイト過ぎるスケジュールで提出の期限を設定してしまうあたり、無計画というか、無頓着というか。開催を忘れるくらいならもっと短い間隔で開催すればいいし、もっと長く準備期間を設ければいい。諸々ひっくるめて流石《さすが》長寿の魔法使いたちだな、と思う。

（覚えておかなくちゃ。次は十年後）

十年おきに一大イベントがあると、私も心得ておかなくてはならない。何なら、「来年ですよ」とかお知らせした方がいいのかもしれない。

「……何回立ち会えるかは分かりませんが」

降りてきた階段を見上げ、部屋に籠もる先生を想う。

「終わったら盛大にお祝いだな」

トレイを抱える腕に力を込める。「よし」と気合を入れると、お風呂に入る準備をした。今日はゆっくりふやけよう。

『お祝いの日のごはん』
・ホタテのテリーヌ
・チキンのロースト（ハーブ）
「うーんん」

机と睨《にら》めっこをして三十分。朝食を済ませ、いつもの家事ルーティーンを終えると早速、お祝い用のご馳走《ちそう》のメニュー作成を始めた。

自筆のお料理ノートを広げ、何か良きものはないかとページをパラパラ捲《めく》る。メインと付け合わせは決まったけれど、前菜がいまいちピンとこない。

「……休憩」

ベッドの上にゴロンと倒れる。頭の中は様々な食材でいっぱいだった。

「ステーキ食べたい……」

段々と、今自分が食べたいものに思考がシフトしてゆく。

「キノコのクリームパスタ……生牡蠣《なまがき》レモン絞り……」

ハッとしていつの間にか閉じていた目を開く。ガバリと身を起こし、頭を振った。

「見に行こう」

このままでは、私のお腹《なか》が空《す》くばかり。実際に食材を前にするといい案が浮かぶかもしれない。

そうと決まれば、書置きを残し、ピューッと家を飛び出した。

まずはいつもの八百屋さん。『今が美味しい！』と札がかかっていたのはルッコラ。先生もお好きなルッコラ。

（ルッコラいいよねえ。何と合わせよう）

野菜の前で考えを巡らせていると、店のおじさんが「ルッコラかい？」と声をかけてくれた。

「はい。どうやって食べようかなと」

「生ハムとサラダにしても美味いし、ガーリックと炒《いた》めても美味いぞ」

私は「ですよねえ」と頷いた。どちらも美味しいことは知っている。何ならペーストにしてトーストに塗っても美味しいことも知っている。

おじさんは、私の反応が芳《かんば》しくないことを察し、「じゃあこれは」と言って新たなアイデアをもたらした。

「スモークサーモンと合わせたらどうだ。俺はこのサラダ永遠に食える。母ちゃんが中々やってくれないが」

「スモークサーモン！　あ、いいですね！　華やかに盛ればお祝いっぽい！」

「何だ、お祝いなのか？　ああ、星夜祭も近いしなあ」

「あの、ええと」

「先生は幸せもんだぞ」

うっかり赤くなってしまい、慌てて両手を振って誤魔化《ごまか》した。

「俺もなあ、今や大カブの母ちゃんがまだスプラウト、いやアスパラガス、いやズッキーニぐらい細かった頃はなあ、毎年星夜祭とか記念日にはお互いにプレゼントを」

「アンタ」

「あ」

店の奥からおかみさんが登場した。何やらご機嫌が悪そうである。私は危険を察知して、じりじりと後ずさった。ルッコラは今買っても仕方がない。今日のところはここで失礼させていただこう。

離れてもよく聞こえるおかみさんの声を背に、赤くなった頬を扇《あお》ぎながら歩く。

（もう。おじさんたら。……それにしても）

――星夜祭。実はもうすぐそんな時期になっていた。勿論、忘れるはずがない。私にとって、印象的なあの日。初めて世界樹を見に連れていってもらった。空一面の流星群に不思議な大木は歌い、私の心を震わせた。

（私の想いが溢れたのは、あのとき）

記念日と言えば、記念日である。少なくとも私にとっては、記憶に残る大事な一日。今のところ、星夜祭はどうする、何するという話は出ていない。細かいことを言うと、「星夜祭」としては何かしなくても良いのだが。その日を記念の日だと思っている身としては、何もないのもちょっぴり寂しい。

（でも、先生と記念日ですね、なんて確認したこともないし。それに、小生さんの言っていた期日も迫っているし）

きっと星夜当日は何事もなく過ぎるだろう。

「うーん」

私は立ち止まって考えた。

（別に、先生から何をしてもらわなくてもいいのよ。いいけど、私が何かしたいなあ）

星夜当日でなくてもいい。その日はきっと先生はまだ忙しいだろう。先生の仕事が終わってから、ご馳走を作る日に揃えればいい。

（そういえば、エレーナさんのところで「話し相手」をしていたときのお給金を有効活用したいと思っていたのだった）

お給金は思った以上に多く、封筒を開けた当時どうしようかとドキドキしてしまった。返すのも変だし、欲しいものもなかったので大事に取っておいたが、ようやく用途が決まった。

「ちょっと特別な贈り物をしよう」

消耗品ではなく、残る何かがいい。慕っている気持ちの表現のひとつとして、残る何かが。

（こんな風に思うのは……）

頭にちらついたのは、上品に笑う彼女。

後に残るものがある、ということは。貰《もら》った人の支えになるものだろうか。

先生が当初物置だと言った部屋（実際には寝室だった）には、昔魔法使いたちが使っていたという箒《ほうき》や杖《つえ》、絨毯《じゅうたん》が雑然と置いてある。以前寝床はどこかと尋ねたときに見せてもらった。「前時代の遺物」と称されたそれら。再度使うことはないようだが、要らない物ならあそこには置いてはおかないだろう。

（執着はしないだろうけど……きっと、大事にしてくれる。先生なりの距離感で）

遠い未来、私が贈った物を部屋のどこかに保管している先生を思い浮かべた。それはあの物置の一角かもしれないし、先生の研究室かもしれない。どうするかは、先生の自由だ。けれど。

(どう扱われるかを左右するのは、きっと私次第)

想像通り大事にしてもらえるよう、私も贈ったときの気持ちを忘れずに、大事に先生と生きていこう。一生懸命作った食事も、愛情を込めた言葉も大切にしたいが、「慕っている気持ち」を残すことは、私にとっても支えになることだろう。

(何がいいかな)

前を向き、また歩き始める。コートデューの街は今日も変わらない。建物の二階の窓が街に降り注ぐ光を反射してピカリと光った。


そうと決まれば、先生へのプレゼント探しが始まった。さりげなく先生の欲しいものを聞こうと思ったが、先生がそれどころではないので質問するのは遠慮した。

(今回は、サプライズということで)

何かないかと店のショーウインドウを睨みつける。残る物というコンセプトから、使ったらなくなってしまうものの類《たぐい》は候補に入れていない。ふと、布地屋さんが目に入る。新しいシャツを拵えるというアイデアが脳を掠《かす》めた。

「うーん、消耗品といえば消耗品になるか……」

立ち止まり、首を捻る。消耗品ではない、特別感のある、長く使えそうな贈り物。

それは一体――。

偶然か必然か。私の視界には『彫金』と看板を掲げる一軒の小さな店が飛び込んできた。あんな店あっただろうかと思いさえする、普段さっぱり気に留めていなかったその店が輝きを放っていた。脳にビシャリと稲妻が落ちる。

――彫金。すなわち、金物。と来れば……アクセサリー？

私はその場で考え込んだ。アクセサリー。先生が着けているのは見たことがない。装飾品とは無縁の人である。

（うーん？　でも記念メダルを贈ったってなあ……）

メダルや盾よりはまだアクセサリーの方がピンとくる。具体的に物までは確定してはいないが、金物はよい線ではないかという気持ちが強まってきた。金属は布や木より長持ちする。

（一旦覗《のぞ》かせてもらおう）

足早に店へ向かい、凝ったデザインのドアノブに手をかけた。カランとドアベルが綺麗な音を響かせる。店内は大小様々な彫金の作品が飾ってあり、小さな窓から入る光を受けて渋く、或《ある》いは鮮烈に光っていた。奥は直ぐ工房になっているようで、ごちゃごちゃと道具が並んでいる。

「はい。いらっしゃい。ご用は」

出てきたのはカーキ色のエプロンを着けて、ただいま作業中、という様子の男性。ぼさっとした癖毛の、真面目そうなお兄さんだ。私よりは確実に年上のように見えるけれど、中年というには若い感じである。

彼がここの彫金師だろうか。いかにも職人という感じで、言葉が短い、話が早い。世間話も仕事のひとつという例の八百屋さんのおじさんとは違う印象を受ける。

私が緊張しながら「内緒で贈り物を考えておりまして」と始めると、職人さんは「相手は？　具体的に物は決まってますか」とこれまた話が早い。

一方の私は具体的に、と言われて言葉を詰まらせる。とりあえず、答えられる方だけ答えることにして「あの、大事な方に」と告げる。

「大事な方、というと？　恋人？　恩人？」

「あ、ええと、こ、恋人……？　です」

歯切れの悪い言い方になってしまい、職人さんは胡乱《うろん》なものを見る目をした。

「冷やかしじゃないですよね」

「も、勿論！」

「困りますよ、作った後で『やっぱり別れたから要らない』とか『振られたから返品する』とか」

「…………」

職人さんはとても冗談を言っているようには見えなかった。むしろ些《いささ》か攻撃的な言い方である。

突然の物言いに驚いて固まる私に、職人さんは更に強く畳みかける。

「恋人は？　ちゃんと想い合っていますか？　本気で愛していますか、誓えますか⁉」

あまりの覇気に圧倒され、私はただ「はい」と答えた。

(何故私はここで職人さんに先生への愛情を確認されているのだろう)

当惑する私を余所《よそ》に、職人さんは「じゃあお受けします」と言って帳面を取り出し、まっさらなページを開いた。

「すみませんね、ここのところキャンセルが三件続いたものですから」

ようやく口調が穏やかになった。キャンセルが相次いだことでピリピリしていたらしい。「そうなんですね」と適当な相槌《あいづち》を打つと、「おかけください」と椅子を勧められた。作業台を兼ねているらしい机を挟み、職人さんと向かい合って座った。

「店主のエヴァンズです。それで、どういったものを？」

「あ、どうも。オニバスと申します。あの、できればあまり重たくない感じで、かつ想いが伝わるような……」

視線を彷徨せる私に、職人さん、もといエヴァンズさんの顔がまた険しくなる。

「本当に想い合ってます？」

「あ、合ってます！　合ってます！」

必死で弁明をし、何を贈ろうか悩んでいると伝えると、エヴァンズさんは「分かりました」と言って重そうなケースを机の下から取り出した。中にはネックレス、腕輪、指輪といった装飾品からプレート、タグ、メダルといった作品が並ぶ。こうして目の前に並べられると、断然アクセサリーの類が心をくすぐる。

「どれも素敵ですね……！」

「素材やデザインは別で選んでいただきます」

「あ、そうなんですか」

「ペアにされます？」

（ペア！）

私は思わず机に乗り出した。流石この手の注文を受けているプロである。提案が的確だ。ペア、つまり、お揃い。いい、すごくいい。「それでいこう」と決断し、「ペアだとどういった物ができますか」と質問をしてみると、「何でもいけます」と簡単な返事。ははーん。

「どうします？　指輪？　ブレスレット？」と訊かれ、深く悩む。これは難題だ。

（こうしてどれにする、と訊かれると）

いつの間にかアクセサリーを注文する感じになっているが、脳内で「本当に？」と自問する声が聞こえた。

というのも、先生が装飾品を装着しているところを見たことがないのに、という懸念が再び私を苛んだから。贈ったところでさして喜ばれるかどうか。

「あの、普段そういったものは着けない方なんですけど」

「勿論そういう方もいらっしゃいますよね。ま、それでも贈りたいのが、贈る側のお気持ちですよね」

まるで私の心の内を代弁するかのようだった。私は「そうなんです」と強く頷く。

「残る物を差し上げたくて……」

「そうですね。こちらは一生ものですから」

「一生もの……」

その言葉が胸を掴んだ。店に飾られている作品の数々に目を奪われた。

「ちなみに」とエヴァンズさんが言って指差したのは、店内の柱に貼ってある一枚の紙。そこには『手作り彫金体験』と書かれているではないか。

「え……？　もしや」

「ご自身で作りたいという方も最近いらっしゃるので。僕が横で口出ししながら作っていただくという」

「ぜ――是非！」

そんなこともできるのか、と目から鱗《うろこ》が落ちた。上手くできるだろうかという不安は、「できそうな気がする」という謎の自信に打ち消された。店側が提示しているくらいだ。上手くやらせてくれる、ということだろう。

「で、どれにしますか」

じゃあどれにする、という段階になるとやはり直ぐには決心が付かない。先生とお揃いのアクセサリーを作ろうとしている。中々滅多《めった》に踏み切れることではない。しかも一生物だし、自分で作れるときた。ここは慎重に選ばなくてはならない。ネックレスにするのか、指輪にするのか。それとも。

「……ちょっと考えてもいいですか」

エヴァンズさんは「ごゆっくり」と言って席を立ち、途中の作業に戻った。ここで悩んでいていいらしい。

一人になった私は椅子に深く腰掛け、目を閉じた。先生の姿を思い浮かべる。先生はいつも同じ格好なので、想像がしやすい。

あの黒いシャツ。ネックレスを着ければとても目立つのではないか。しかしちょっと存在感があり過ぎる気がする。イマイチ。

次にあの骨張った手。ブレスレットを手首に着けるか、指輪をはめるか。どちらもいけそうな気がする。でもどちらかと言えば、指輪の方が似合うかもしれない。

アンクレットは歩くときにちらちら見えそうだけれど、あまりイメージが湧かなかった。

(指輪かなあ……)

一番しっくりくるのが指輪である。細めのデザインが頭に浮かんだ。うん、そうしよう。私はこっそりほくそ笑み、部屋の奥に居るエヴァンズさんに「すみません」と声をかけた。

「決まりましたか？」

エヴァンズさんは手に途中の作品を持って戻ってきた。何を作っているのかと尋ねれば、結婚式で使うティアラだという。細かくて繊細な装飾が施されているソレを掲げて見せてくれた。技術の粋を集めたような作品だった。彼の腕の良さが窺《うかが》い知《し》れる。

「で、何にします」

「はい。あの、指輪にしようかと」

「分かりました。サイズはお分かりですか？」

「サイズ……？」

私は固まった。サイズ。そうか。指輪を作るには指のサイズを知る必要がある。当たり前だ。

私がフリーズしたのを見て、職人の目が「こいつ何も分かっていないんだな」と言いたげに細められた。

「そういえば、内緒で贈りたいってさっき言いましたよね」

「言いましたね」

「サイズが分からないで、どうするんですか」

「……何とかします。寝ているときに測るとか」

今度はエヴァンズさんが啞然《あぜん》として固まる。

「ええ……？　上手くいくかなあソレ」

「が、頑張ります。ですのでこの件は秘密にしてくださいね」

「言いませんよ」とさも当たり前という顔で答える玄人《くろうと》。私は一瞬ホッとしたけれど、次の瞬間「もしも彼が鳥に餌をやるのが趣味で、鳥だけには色々喋る人だったら」という可能性に気が付いた。

これはいけない。いただけない。私はすかさず「人以外にも」と付け加えた。

「人以外にも……?」

エヴァンズさんの表情が「何を言っているんだこの人」と険しくなる。もしかしなくても要らぬ心配だったのかもしれないが、私としては極めて慎重を期す事態なので仕方がない。

私はとにかく「お願いしますよ」と念を押し、いかにして先生にバレずに指のサイズを測るかということを思案した。


このとき、屋根の上では数羽の鳥が休憩しているところだった。偶然聞こえてきたのは自分たちへの警句。

『秘密だって』

『成程なあ』

ピチチと喉を鳴らし、仲間たちに申し送る。どうせ、フィリスは今忙しい。余程の緊急事態でなければ窓を嘴《くちばし》で突《つつ》くことはない。それに。

『こりゃあ面白いことになってきたぜ』

皆で示し合わせ、ルシルの秘密のプレゼント作戦を見守ることにした。


「手袋を編みたいのですが。うん、これが一番無難だよね」

小麦粉の塊を捏《こ》ねながら一人ブツブツ呟く私を不審がる人は居ない。彫金屋さんからの帰り道から現在まで、頭を占めるのは如何《いか》にして気取られないように先生の指のサイズを入手するか、である。やはり寝込みを狙うのが一番いい手のような気がするが、起きたときのリスクが大きいのが悩みどころ。

（いくら言い訳を捏ねたところで、先生が降りてこないとどうしようもないのだけど）

先生の資料提出の期限までひと月を切った。ここからがいよいよ辛い時期かもしれない。今だって本当に最低限にしか部屋から出てこないのに、どうなってしまうのだろうか。ひょっとしたら最終的に部屋にご飯を持っていく形式になるのでは。

（そうしたらいよいよ寂しいなあ……）

これ、と黄色い塊を丸くする。今日はこれを薄く平らにし、四角く切って、中に具材を入れて挟み、茹《ゆ》でた後にクリームソースでいただく予定だ。やる気に任せて新しいメニューに色々と挑戦している。総じて先生の反応が鈍いのが悲しいが、決して新メニューが気に入らないからではない。私とちゃんと会話はしてくれるものの、ずっと頭の中に何かがあるような感じである。せめて食事くらいは息抜きになればいいのだが、中々難しい。

「お夕飯まであと一時間もあるから。ええと何しようかな」

「んー」と考え、時計から目を離すと、慣れ親しんだ、ぺたぺたという音が聞こえてきた。

(え？　先生？)

考えたところで一人しかいないのだけど、珍しいではないか。巣ごもり強化期間はお終《しま》いか、それとも非常事態の発生か。キッチンから小走りで出て先生が階段を降りてくるところへ向かう。

「いかがされましたか」

「……」

反応が鈍い。先生は首を傾《かし》げ、時計を見た。

「……間違えた」

「え？」

「一時間、誤った」

先生は目をしぱしぱさせて憎らしそうにしている。私は驚愕《きょうがく》した。これまで先生が時間を誤ることがあっただろうか。何なら先生自身が時計代わりで、先生が降りてきたら時計を見なくとも時間が分かるとすら思っているのに。

啞然として言葉を失っている私の目を先生が掌《てのひら》で覆う。何も見えない。

「君が駆けてくるから、変だと思った」

（ああ、いつもはキッチンで仕上げをしているから……）

先生のため息のみが聞こえる。深刻そうなため息だった。どう見てもこれは相当やられている。心配になってきた。目を塞がれたまま、「先生」と声をかけた。

「せっかく降りていらしたのですから、お茶でもいかがですか」

「……そうしよう」

目を覆う掌が離れ、観念したような先生の顔が見えた。

（大丈夫かしら……）

妙な胸騒ぎを覚えたのは、杞憂《きゆう》ではない。

先生の異変は時間の誤差に留まらなかった。二日後の朝、朝食を終えて二階へ上がっていったかと思えば、また降りてきた。これはいよいよ何かあったぞと、焦って「どうしましたか！」とテーブルを拭く手を止めれば、先生は非常に不本意そうな様子で「眼鏡が消えた」と教えてくれた。

（め、眼鏡！）

それは大変だ。それがなければ先生の疲れ目がいよいよ悪化してしまう。私は布巾を放り出し、「今朝はかけて降りていらっしゃいませんでしたよ」と証言した。

「でもお部屋にないのですよね」

「……」

先生は眉根を寄せていた。記憶を辿《たど》っているのだろう。私も真剣だ。

「昨夜はお使いでしたか？」

「ああ」

「今朝お顔を洗われた際は？」

「……！」

先生がスッと顔を上げる。どうやら思い当たるものがあったらしい。

「それですか？」

「それだ」

「助かった」と言い残し、二階の洗面台を目指して階段をまた上がろうとする。私は咄嗟《とっさ》にその袖を捕まえた。「どうした」と先生が首をこちらに向ける。私は「えい」と思い切って抱き着いた。

そしてその背をトントンと叩く。こういうとき先生が私にしてくれるように。

「お疲れでいらっしゃいます。ご無理なさらないでください」

「……」

先生が無言でそっと佇む。体温が直に伝わり、温かい。

「…………」

そのまま数十秒、何も言葉を交わさずそのままの体勢で時間が流れた。そして不意に先生は体を離し、「分かった」と言って階段の先へ消えてしまった。一連の動作は素早く、先生がどんな顔をしていたのかは知ることができなかった。もう姿のない階段を一度だけ見上げ、中断したテーブル拭きをしに戻った。

そうは言っても、きっと頑張ってしまうのだろう。

（ああ、心配だなあ）

――という私の予想が覆るのは、十五時のことだった。足音と共に先生が階段を下る。じっくり煮るシチューの仕込みが終わり、ソファで一休みしていた私は跳ね起きた。

（え！　今日は三時間も間違えてる⁉）

三時間誤るとは相当だ。今朝のこともあり余計に狼狽えた私だったが、先生がスンとした顔でソファに座ったので、「あれ」と目を瞬いた。

「……お茶をお淹《い》れしますね」

「いや、いい」

ソファから降りようとしたところをやんわり止められる。先生はポフポフとソファを叩いた。

「休んでいたのだろう。寝ていていい」

「でしたら先生が」

「寝に来たのでは」と言いかけた言葉は、ぱちりと目が合った瞬間に消える。紫色の瞳が、真っ直ぐにこちらを向いていた。そして伝わる先生の意志。察するにこれは先の言葉を引き継いでおり、翻訳すると「寝ないのか」。いや、どちらかと言うと「寝ろ」という圧すら感じる。

（先生が休みに来たのでは？）

という大きな疑問を抱いたまま、私はおずおずと再びソファに横になった。先生に足を向けるのは気が引けたため、先程と方向を変え、先生側を頭とした。足を曲げて丸くなり、ブランケットまで被ってしっかり寝転ぶ。

「…………」

気のせいかもしれないが、物凄く見られている気がする。体ごと横を向いているから視界には入っていないのだけれど、突き刺さるような視線を向けられているような気配がする。はっきり言って落ち着かない。気になる。でもこれは顔を上げたら恥ずかしくて大変なやつ。分かっている。そんなことは見なくとも分かっているのだ。しかし。

「…………」

（た、耐えられない……！）

一方的に見られているというのも厳しい話で。私は遂《つい》にそろりと首を上に向け、先生を見上げた。

「ぐう……」

思った通り、先生は腕を組んで私をジッと見下ろしていた。普段見ない角度に心臓が高鳴る。何を考えているのか分からないその瞳が、ただただ私を映している。狼狽えているのは私だけ。きっと、こんなにドキドキしているのも。

（ううう……また……）

とてつもない切なさが胸を締め付けるのに、目を逸らすことができない。

「……あの、先生」

「……」

「……ッ!?」

前触れなく先生の腕が伸び、驚くべき方向から私の顎を掴んだ。先生からすればとても自然な向きで持ちやすいのかもしれないが、私としては隣に置いてあるボールでも引き寄せるように顎を触られるとは想定していない。顎を起点として、体中をぞわぞわとした感覚が走る。恥ずかしくて顔を逸らそうにも逸らせない。

一体何が起こっているんだと動転する私を余所に、先生はヌッと身を屈《かが》めて私を覗き込んだ。より近いところで、殆ど強制的に視線を合わせる体勢となった。はらりと先生の髪が零れる。反射的にギュッと目を閉じた。

「気が安らぐ」

「……？」

薄《う》っすら目を開けてみる。穏やかな面持ちの先生が視界を埋めていた。

「……」

(うわあ……)

優しく頭部全体を包まれる。掌、指が添えられた頬が異様に熱い。それが先生の体温なのか、自分の体温なのか、もはや判別が付かない。少しも揺れない紫の瞳に焼かれる思いがした。

先生はしばらく私を見つめ続け、満足したのだろうか、不意にするりと離れる。そして、まるで何事もなかった様子でスタスタと去っていった。信じられない。どういうことだ。

「……うぇ」

ソファに横たわり、真っ赤になっているであろう私はもぞもぞとブランケットを頭まで被る。転げ回りたい衝動をグッと堪えた。

「う、うう。うえええん」

ブランケットの中で丸くなり、呻《うめ》き声《ごえ》を上げる。どうにかなりそうだし、頭は真っ白だし。顔を見に来たにしても、しっかり見過ぎである。あんな風に頭まで摑まなくても。

羞恥で殆ど泣きそうになりながら、落ち着きを取り戻すまでしっかり二十分。私はそのまま丸くなって過ごした。

根を詰め過ぎたと思うのはいつ振りだろうか。それこそ二十年前の会合のとき以来かもしれない。我ながら進歩のないことだ。フィリスはそう思いながら、動かしていた手を止めた。起きたまま迎える何度目かの夜。起きていることは得意だが、昔は今よりもっと長い間寝ずとも平気だった。近頃はどうもそうはいかないらしい。

弊害は目に見える形で現れた。食事の時間を誤ったり、眼鏡を置き忘れたり。ルシルも呆れたことだろう。

『フィリスよどうだ調子は！　小生全然寝てないけどまだまだ余裕』

先日届いた不気味なウサギが不意に遠くの者との声を繋《つな》ぐ。やはり碌《ろく》な代物ではなかった。ルシルにその場で渡さないで正解だった。疲労の原因の一端はこれにもある。こちらの都合など構わず話しかけてくる。殆どは無視しているが、耳障りで仕方がない。

『締め切りを早く設定し過ぎた』と悔やむのであれば、喋っている場合ではあるまい。一時『あの女の子は誰だ』と煩かったので一度だけ魔法を使って黙らせたが、自力で破られ、また話し出した。

『小生の魔法がそう簡単に解けると思うなよ！』とのことだったが、憎らしいことに、言葉通り腹が立つほど複雑な魔法が何重にもかかっている。それらを除法する手間と時間が惜しく、製作者との繋がりを断つことが後回しになっている。

普段であればこのような面倒な物は物置か書斎に放置してしまうが、試しても戻ってくるので早々に諦めた。ルシルが欲しがったので取っておいてあるが、本心では除法ではなく一思いに燃やしてしまいたい。

「煩い。寝ろ」

未《いま》だに何かを喋り続けていたウサギにフィリスがぴしゃりと言うと、ウサギから『まだ終わらないのに寝られる訳がなかろう！』と聞こえてくる。フィリスはあっさり「私は寝る」と言って席を立った。

『え！　終わったの!?　寝られるの!?』と動揺する声に知らぬふりをして、広げていた本を閉じ、紙を片付けた。

『ゆ、許せん……！　可愛いお嬢さんに甲斐甲斐《かいがい》しく差し入れさせて……！　あまつさえもう終わって寝るだと……!?』

終わっている訳があるまい、愚か者。

「貴様のように口ばかり動かしていては終わらぬ」

『ぬぬぬぬぬ』

ウサギはショックだったのか、そこで会話を閉じた。もう自分のことに専念してくれるといい。

フィリスはそんなことを思いながら廊下を歩き、物置と言う名の寝室へ向かう。

『お疲れでいらっしゃいます』

あれが自分に対する客観的で的確な意見である。従うべきだと思った。事実、認識力の低下は著しく、失態を犯している。

『ご無理なさらないでください』

彼女が背中を叩く度、何かが自分の中に戻ってくるような感覚がした。彼女がもたらす安らぎにはいつも目を覚まされる。彼女の言葉に従い、定期的に休息を挟むべきだ。都度彼女を見に行くのがいいだろう。

世話になるばかりだと、フィリスは己に呆れて目を閉じた。一定の間隔で呼吸を繰り返す。外では星が騒がしい。

そうか、もうすぐ星夜か。それすらも疎《おろそ》かにするとは。

「……愚かだな」


（来た……この瞬間が……！）

珍しく暖かな日差しが降り注ぐ午後。私はソファですやりと眠る先生を前に、仁王立った。リボン状にした紙をビッと伸ばし、無防備な手を狙う。

「はあ……はあ……！」

本日で期限まであと二週間というところ。近頃先生は努めて休憩を入れるようになった。長い時間ではないけれど、テーブルで向かい合ってお茶をしたり、一緒に庭を眺めたり。どういう法則に則《のっと》っているのかは分からないが、時折不意に頭を撫でられた。

そして遂に今日、「終わりが見えてきた」と、多少安心した面持ちで言った先生はソファにゴロリと寝た。最近まではずっと張り詰めた感じだったので、比較的グッと穏やかに見える。二十年分の観察と研究を纏めろと言われたら先生でもこうなるのかと変に感心してしまった。

そして。仕事に目途が立ち、転機を迎えたのは先生だけではない。先生の指のサイズを測ることを虎視《こし》眈々《たんたん》と狙っていた私にも、絶好の機会が到来した。今だ、今しかないと己を煽る。

気配を察知して先生が起きてしまわないように、私は思考を止めて完全な無になる。頭を空にする。呼吸を止める。自分は無機物だと信じ込む。

「…………」

シュルリ。シュッ。

手早くしかし正確に慎重に先生の指の一番太い関節に紙を巻き、紙が合わさるところに印をつけ、さっと身を離した。

「……！　は、はあ、はあ……！」

止めていた息を吐き、呼吸を繰り返す。ドキドキして先生を見れば、変わらずスヤスヤと眠っていた。

「や、やった……！」

四《よ》つん這《ば》いになって勝利の感動に打ち震えた。先生が疲れているせいか、存外容易《たやす》く秘密裏に入手できた。喜びを噛みしめ、叫びたいところをグッと堪えたとき。

『うおおおやったー！』

バサバサバサ！　一斉に鳥が飛び立ったのを音で知る。咄嗟に外に視線を遣れば、庭の地面や木々に止まっていた鳥が次々と羽ばたきを始めていた。

（な、何ですと……！）

見られていたというのか。私の完全に内緒の犯行が。よもや先生に報告するつもりではあるまいなと恐れ、私はキッチンへ駆けた。とある袋を持ち、急いで極めて静かに外へ出ると、袋の中に手を突っ込んで物を掴み、そっと辺りへ撒《ま》く。

「ここはこれでどうかひとつご内密に……！」

「ちゅんちゅん」

「カアカア」

鳥たちは鳴きながら私の撒いた豆を突く。買収である。通じているのかどうか定かではないが、今はこうするしか私には方法がない。遅れて飛んできた鳥たちにも行き渡るよう、バラバラ、とまた豆を放った。

バラバラ、ちゅんちゅん、バラバラ、ぴちちち。

「…………先生には秘密ですよ……！」

『喋んないよ』

た。

『大丈夫だよ』

こそこそと玄関先で行われた闇取引の間も、余程疲れていたのか、先生は目覚めることはなかった。

キョロキョロと周りを気にしながら店に近付き、ドアを細く開け、身を滑らせるように入店してきた私を、店の職人エヴァンズさんは一言「スパイか」と例えた。

「例のアレ、入手してきました」

メモを懐からサッと取り出して手渡す。エヴァンズさんは「細めな方なんですね」と言いながら腰に手を遣った。

「うちで測っていただくのが一番正確なんですが仕方ないですね。あまり大きく変わらなければ後から直せますので、これでやってみましょう」

「よろしくお願いします！」

ようやく内緒の贈り物作戦が動き出した。

「はい。では始めましょうか」

私の前に並べられたのは金の棒二本。私は息を呑んだ。上手くできるだろうか。いや、やるのだ。

「肩の力を抜いて」

「は、はい」

私の緊張に気が付いたエヴァンズさんから的確な指示が飛ぶ。私は深呼吸を数回繰り返し、「よし」と腕をまくって作業台の前に座った。

「火の加減は、このままで」

「はい」

エヴァンズさんの言うことに従い、棒を熱していく。

（ついに彫金にまで手を出してしまった）

自分のクラフトワークに新たな一ページが追加されようとしている。ハマってしまったらどうしよう。家に道具一式を揃えなくてはならなくなる。

謎の不安を抱きつつ、熱し終わった金の棒を水に浸《つ》けた。棒はもう曲げられる柔らかさになっているらしい。指輪の形に丸くするのかと思いきや、次もまた液体が登場した。

「洗浄します」

エヴァンズさんの説明に「ほうほう」と頷きながら酸を取る液体に浸す。「もういいですよ」と声がかかったら、いよいよ曲げる工程だそう。

「綺麗に、丸く……？」

「あ、今はそれ気にしなくていいです。形は後で整えるので。棒の端と端をぴったり合わせることに専念してください」

「……こんな感じでしょうか……！」

これも初めてでは中々難しい。神経を研ぎ澄まし、ぴたりと合うように棒を曲げた。エヴァンズさんは「器用ですね、上出来です」と何とか指輪の形をしているものを見て顔を綻ばせた。

(よしよしよし)

続いて継ぎ目に細い鋸《のこぎり》を通し、接着用のロウを流した。普段経験しない特別な作業が新鮮で楽しい。

「ロウは直ぐ固まりますので。いよいよ成形していただきます」

現れたのは円柱の道具と木槌。リングを円柱の棒に通して外からコンコンと叩けば内部が綺麗な円形になるという仕組み。

「中の棒に対して浮いているところを打ってください」

力加減が分からず、弱い力で叩いてみる。何度か繰り返していると、段々指輪が緩くなってきた。円柱に見えた棒は、実は緩やかな円錐《えんすい》だったらしい。

「少し場所をずらしてください。そうやって段々とリングを棒の太い方へ移動させていくと綺麗な丸になります」

「成程成程……」

輪っかを指輪たらしめんと、慎重に木槌で叩き続ける。しばらくそうしていると内側は丸くはなったものの、輪の全体が反っていることに気がついた。「どうしましょう」と訊けば、何てことのない顔で金床が用意され、載せて打つべしと指示を受ける。上に一枚ぶ厚い平らな木の板を嚙ませ、

「真っ直ぐになれ！」と優しく何度も叩いた。

「……わあ、できた」

そうして完成した、形の整った指輪。手に取って色んな角度から眺めてみる。まずひとつ。先生用から作るには勇気がなかったので、これは私の。ピカと輝く金の輪。自画自賛ではあるが、私は惚《ほ》れ惚《ぼ》れしてため息を零した。

「凄い。思ったより遥《はる》かに上手に作れました。もっと歪《ゆが》んでしまうかと」

「上手なもんでした。道具を使うの慣れてます？」

褒められて悪い気はしない。日頃から木工作業で金槌を握ったり鋸を扱ったりしていたのが多少よかったのかもしれない。

「では、もうひとつの方も作りましょうか」

今度は先生用の指輪。私は「油断しなければ大丈夫」と自分に言い聞かせ、エヴァンズさんの指示を信じてもう一本の金の棒へと手を伸ばした。

細心の注意を払い、素晴らしい集中力を発揮した私が作ったのは、細くて目立たない、シンプルな金の指輪。我ながらよくやったと思う。

「できた……！　ありがとうございます！」

「良かったですね。どうぞ、ケースに収めました」

エヴァンズさんが出来上がったばかりの指輪に専用のケースを用意してくれた。青いベルベットの布地の箱には、中にクッションが詰まっており、そこにきちんと指輪が挟まっている。より一層それっぽくなり、何だかドキドキしてきてしまった。

（先生のお仕事が終わったらお祝いを兼ねてお渡ししよう）

「喜んでくれるといいですね」

「ううん、どうでしょう。前にも言いましたけどアクセサリーは普段着けられないので」

曖昧に笑う私にエヴァンズさんは言った。

「装飾品は、身に着ける人を飾るだけではありません。魔除《まよ》けの意味もありますし、逆に呪いをかける意味もあります。あなたは自ら作ることと、一生物ということに拘《こだわ》った。そこにはあなたの込めた想いがあるはず」

「伝わるといいですね」とエヴァンズさんは私を励ました。贈り物をするときは相手が気に入ってくれるかどうかと、渡すまで小さな心配が付いて回る。特に今回は先生に対して、馴染《なじ》みのなさそうに見える指輪。ずっと「これで良かっただろうか」という思いが澱《おり》のように心に残っていた。けれど。

エヴァンズさんの言葉がその澱を溶かしてくれた。今は「これにして良かった」と思える。私はへらりと笑い、エヴァンズさんに頭を下げた。

綺麗な包みに入れてもらった素敵な小箱。大事に抱えて店を出た。西に光る夕日が金のように輝く美しい日だった。


先生が茶色の封筒を持って二階から降りてきたのは、それから一週間後のことだった。先生はその封筒をバサリとダイニングテーブルに置くと、キッチンにやってきて何事もない顔でカップを二つと小さな鍋を取り出した。いつも通りの行動ではあったけれど、その表情が最近の中では一段と「いつも通り」に見え、私は不思議に思ってマヨネーズを作る手を止めた。

「先生？　もしかしてあれは、送られるものですか？」

「……」

先生から頷きが返ってくる。私は「わあ！」と歓声を上げた。手を叩いて喜びを表す。

「おめでとうございます！　ご苦労様でした！」

「君にも苦労をかけた」

(あらあら)

私は普通に生活をしていただけだ。そのように告げると、先生は微かに眉を寄せて「助かった」と言った。こそばゆくて、私は視線をテーブルへと移す。

「あの……あれ、少し見せていただいてもよろしいですか」

先生の研究を理解できる自信はない。けれど、どういうことを先生がお部屋でやっていたのかが分かるものがそこにある。実はこれは結構貴重な機会。ちらっとでも見たいと思った。

「そのつもりで持ってきた。どうぞ」

私は弾かれたように直ぐに手を洗い、よくよく拭いてからキッチンを飛び出した。そーっと封筒から紙の束を取り出す。想像していたよりも厚みがなく、私は驚いた。二十年分の成果であればもっと膨大な量になるかと思っていた。パラパラとめくりながら読むと、年代や日付と共に難しい言葉で色々書いてある。

(成程、二十年の間に取った記録が綺麗に整理されているのね。わあ、これは大仕事でしたね……)

記録をそのまま使うのであれば、ここまで骨は折れなかったかもしれない。疲労が一番のピークを迎えていたときの先生を思い出し、その苦労を慮《おもんぱか》った。

しみじみとしながら、不思議な言葉の羅列に心を奪われる。これが、先生の研究していること。世界樹が生物に与える影響について。世界樹が根を張る構造について。

(む、難しい〜)

概念からして、存在そのものからして私には馴染みが薄い。難解な文字列が続く中、『参考』というところに、色々な植物の名前や特性が書かれているのが目に留まった。

(夜に光る花、食虫植物、種子でなく胞子で増える葉)

世の中には、見たことのない面白いものがたくさんある。先生を通じて、世界まで垣間《かいま》見られたような気がした。

「ありがとうございます。凄いものを」

心を打たれながら大事な資料を封筒に仕舞《しま》った。先生はやはり何てことない顔をしている。「別に凄くない」と思っていそうだな、と思った。

「これはどうやって送られますか」

先方からの連絡は郵便屋さん経由だったことを思い出すと、こちらから送るときも郵送なのだろうか。あちらから届いたということは、こちらからも送れるということでなければおかしい。

「面倒だが自力で飛ばす。飛ばす技術がない者は郵便を頼るが、時間がかかる」

魔法使いの皆さんも郵便をご利用されているとは……！」

魔法使いは私たちと所を別にしているし、持つ社会文化も違うので意外であった。

「相手が何者であるかは関係ない。送り先さえあれば届く。昔から重宝されている」

「では送り先を訪ねれば魔法使いの方に会える……？」

「実際に住んではいないこともあるだろう。郵便を受け取るためだけの住所で、一か所を共同で使う場合もある」

そういう仕組みになっているのか、と初めて知る事実に感心した。では私もイーダさんの送り先の住所さえ教えてもらえれば、やり取りできるということだ。良いことを聞いた、と小さく跳ねる。

「ルシル」

「はい」

キッチンの中で腕を組み、佇む先生。

「ココア。ミルクティー」

いつも通り。その変わらなさに安心する自分が居る。自然と小さな笑いが零れた。

「……ココアがいいです」

この瞬間を愛しいと思うことも、変わらないだろう。


さて。とうとう。とうとうこのときがやってきた。シチューの煮え具合を睨みながら、そしてチキンにスパイスとハーブを揉《も》み込みながら考えた。

決めていた。先生の仕事が終わったらお祝いをする、と。「今日はお祝いなのでご馳走にしましょう！」と先生に提案をしたらあまりピンと来ていなかったようだけど、ご馳走について異論はなかったらしく、同意を得た。

（あとはアレをこうしてソレをああして）

料理の方は順調だ。定時には先生とテーブルに着ける。問題は、例の指輪をいつどんな感じで渡そうか、ということである。

食前か、食後か。テンションもどうしよう。賑《にぎ》やかにいこうか、落ち着いていこうか。正解が分からなくて悩ましい。もしも食前に渡して良からぬ反応だったとき、ご飯が美味しく食べられるだろうか。いやしかしそうなったらご飯で挽回《ばんかい》を図るしかないという説もある。

「うううううん」

そうしている間に、シチューがグツグツ言い始めた。蓋を取ってブーケガルニを投入し、また蓋をする。オーブンが温まったのでチキンを入れる。あとはルッコラとスモークサーモンのサラダを作り、ホタテのテリーヌが固まれば完了である。

「……君」

「はい」

階段の上から先生が顔を見せた。先生には夕食まで休んでいることを強めにお勧めしていた。お休みセット（飲み物とおやつ）に不足でもあっただろうか。

「今いいか」

「はい、何でしょう」

先生は私が忙しくしていないことを確認すると、そのまま一階に降りてくる。私はその手に件《くだん》のウサギさんのぬいぐるみがあることに注目した。相変わらず耳が持ち手扱いされている。

「不愉快な魔法を解いた」

（不愉快な魔法）

何の変哲もないぬいぐるみが先生から手渡される。相変わらず可愛らしいウサギさん。しかしよくできている。

「遅くなった。すまない」

「と、とんでもありません！　ありがとうございます！　でも私がいただいてよろしいのですか？せっかく先生の」

「不要」

先生の眉が疎ましそうに寄る。私は苦笑いを浮かべた。

「では、頂戴いたします」

「ああ。……それはさておき」

先生は両手をズボンのポケットに突っ込み、ゆらりと私を見下ろした。

「……行きたいところはあるか」

(唐突)

その言葉で全てを理解する域には未だ私は至っていない。「お魚屋さん」や「八百屋さん」という答えを求められているのではなさそうだということしか分からない。もう少し情報を引き出したい。私は「と、言いますと」と訊き返した。

「君にも多くの世界を見せたい。私の世話のみに人生を使うのではなく」

「あら、私は……」

「君と共にある生活を幸福としたうえでの意見だ」

先生と家に居るだけで楽しいですよ、と言おうとしたのが見透かされたようだった。目を瞬かせる私に先生は続けた。

「この度、私の時間に君を巻き込んで分かった。私は君が居れば永遠に家で愉快に過ごせる」

(ゆ、愉快……!?)

言い方と表情には愉快さの欠片《かけら》もない。そもそも、先生がそんな言葉を使うとは。衝撃的な発言に、思わず固まる。そんな私に対し、先生は淡々と言葉を紡ぐ。ひとさじの照れもなく、淡々と。

まるで、心の内を語るというよりはただの証言に聞こえる。

「だが、私の時間に君を囚え続けることは、君の人生を私の世話のみで終わらせることになり、愚かとしか言いようがない」

「お、愚か、ですか……?」

そうでしょうか、と私は戸惑いたっぷりで首を傾げる。先生と一緒に居られれば私だってずっと楽しく暮らせるのに。先生は再度「愚かだ」と言い切った。

先生は遠くを見るように続ける。その視線は私を外の世界へ誘《いざな》った。

「海。高原。遺跡。外には君の見たことのないものが多くある。きっと君は気に入るだろう」

紫色の目が優しく細められた。じわじわと頬を襲う熱。腕にあるぬいぐるみをギュウと抱き締めた。

「世界は広く、美しい。……君にはそれがよく分かるだろう。今以上に」

（……先生）

この気持ちを何と表そう。言葉を尽くして何か言いたいのに、気持ちが繊細に揺れ、言葉を捕まえることができない。与えられるものの大きさに押しつぶされそうになる。

私は唇をキュッと結び、息を思い切り吸い込んだ。

「少々お待ちください！」

私は早口で言い切ると、自分の部屋に駆けた。ドアを開けるや否や、ぬいぐるみをタンスの上に置き、引き出しに仕舞っておいた小箱を持ってまた部屋を出る。

そしてリビングの同じ場所に立ち、「どうしたのだろう」という顔で私を待つ先生の下へ走った。勢い余って蹴躓《けつまず》く。ズデッと膝を突いたけれど構わない。先生が案じるように身を屈めたところへ迎えるように小箱を差し出し、パカと蓋を開けた。

「気持ちです！　受け取ってください……！」

「…………」

私が片膝を突いて箱を掲げ、それを先生が見下ろすこと十数秒。心臓がドキドキと鳴っている。

私は目を瞑り、俯いて先生からの反応を待った。

ぐい。言葉より先に、腕を掴まれた。そのまま引っ張り上げられる形で立ち上がる。掴まれた手には例の小箱。先生は掴んだ腕を離さなかった。

「第四指」

(……その通りです)

見ただけでサイズが分かったのだろうか。またじわ、と耳の辺りが熱くなる感覚がした。

「……」

何も言わず、先生が小箱に収まるクッションから指輪を抜き取る。そして躊躇いなく自身の左手の薬指に指輪をはめた。

(は、はめた――……!)

差し上げておいて何だが、先生の一連の動作のあまりの抵抗のなさに愕然とした。先生は指輪を着けた手を興味深そうに眺めている。

「こうしたものを身に着けるのは久し振りだ」

先生は指輪を見つめたまま、ぽつりと言った。

(久し振り)

「古く、魔法の媒介にしていた頃は自分で作ったものだったが」

心の中で「そうなの？」と返す。魔法の媒介云々《うんぬん》という謂《いわ》れの杖や箒が先生の寝室兼物置に保管されているのは知っていたけれど、指輪まであったかどうかは記憶にない。

「――君がくれようとは」

先生がとびきり柔らかく微笑んだ。紫色の目が私を捉える。

「生涯、大事にしよう」

自分の顔がクシャリと歪んだ。それ以上の言葉は要らない。私も先生もそう思った。泣くのを堪えて踏ん張る私の手を取り、先生がもうひとつの指輪をはめてくれる。

ささやかな金色が遠い未来でも、どこかで光っているといい。二人の手にある細い輪が、温かな光を反射していた。

〔五章〕終わりのない奥行き

籠を下げ、森の中を歩き回る。季節は巡り、暖かい気節が訪れた。寒くて厳しい時期が終わって、地面からは植物が芽吹き、順に花が綻ぶ。そこかしこからいい匂いがして、胸の中がルンと跳ねた。

「あったー！　ラムソン！」

目当てのものに出会い、私は一人で声を高くした。

苔《こけ》の生えた木の根元、一見ただの草に見えるそれは間違いなく春の味覚。秋はキノコ、春は山菜。森の近くに暮らすとこういった楽しさがある。

嬉々《きき》としてラムソンを収穫し、籠に入れる。シャキシャキした歯ごたえと独特の香りが面白い山の恵み。どうやって食べてやろうかと不敵な笑みが零《こぼ》れる。勿論《もちろん》このままサラダでもいいし、クリーム系の料理に入れる薬物としても使える。一風変わった風味になって、季節を楽しく味わえる。

手提げの籠をいっぱいにすると、私は満足して家へと戻った。庭から見えるガラス戸の向こう、リビングでは先生が眼鏡《めがね》を掛けて草稿の束と向き合っていた。

あれから、先生には件《くだん》の会合の他の参加者の資料が続々と届いた。よく一階のソファで黙々とそれらを読んでいる。どうして二階で読まないのかと思ったけれど、訊《き》くのも野暮《やぼ》な気がしてそっと見守っている。他の人の分野の異なる研究成果に「ほうほう」と頷《うなず》き、分野の被《かぶ》る成果にはたまに渋い顔で首を捻《ひね》っていた。

読んでいるところを後ろから少し覗《のぞ》かせてもらったけれど、やはり私には内容はチンプンカンプンだった。正直にそのまま先生に伝えると、「表現が回りくどいからな」と書き手の問題にされた。正真正銘、そういう意味ではなかったけれど、曖昧に笑って誤魔化《ごまか》した。

玄関から家の中へ入り控えめに「戻りました」と言うと、中から「おかえり」と声が返ってきた。集中していると、返事がないこともある。今はどうやら違うらしい。

「大量でした」

籠をテーブルに置けば先生がソファから立ち上がる。こんもりとした葉っぱの山を目にして先生が瞬いた。

「君は大抵の場合、大量だな」

「……」

それは、必死で探しているからであって。行くからには空の籠を持って帰ることなどできない。ざっくり言うと、がめついのである。少し恥ずかしくなって「ええと」と口を尖《とが》らせると、「見つけるのが上手《うま》い」と好意的な言葉が降ってきた。

(それだ。それです)

現金な私はその一言で自信を取り戻し、明るく笑う。

「そういえば、チャーリーに似合いそうなお花も摘んできました」

「チャーリー」

「ほら、いただいたウサギさんです」

「……」

先生は途端に難しい顔になり、とても小さい声で「そうだったな」と発した。

改めて言うと、チャーリーとは例のウサギのぬいぐるみのことである。いつまでも「小生さんお手製のウサギ」では愛着が湧かないと思い、先日命名した。

かのウサギさんのぬいぐるみ、もといチャーリーは今やただのぬいぐるみであり、もう喋《しゃべ》ることはない。私の部屋のタンスの上にいい子で座っている。

森の中に綺麗《きれい》なスミレを見つけたので、持たせたら可愛《かわい》かろうと思って採ってきた。そう言って先生にスミレを見せる。

「あ、ドライフラワーにした方がいいでしょうか……」

「……君の好きなように」

先生はあまりチャーリーに興味がない。小生さんお手製というのがどうもいけないらしい。名前を付けたと報告したときには「名前まで付けたの」という顔をしていた。

ちなみに完全にただのぬいぐるみにされてしまった件について、チャーリーで以《もっ》て連絡が取れなくなったことに気が付いた小生さんから先日抗議の手紙が一通届いたけれど、先生はやはり不愉快そうに破り捨てていた。あまりの躊躇いのなさに、流石《さすが》にちょっぴり小生さんが気の毒になったのは秘密だ。

先生はラムソンを鼻先に近付けて匂いを嗅ぐ。

「春らしさがある」

「そうですね」

またひとつ、一緒に季節を迎えられた。心地のよい、柔らかな気持ちになった。

穏やかな昼下がり。フレッシュチーズにハチミツやジャムを付けるといいことがあった。牛乳とレモンからチーズが作れると聞き、早速試したみたものの。味見段階でこれはとんでもないものを作ってしまったと思った。

「どうしよう……」

深刻に呟《つぶや》き、腕を組む。想像以上の美味《おい》しさに困惑した。私はソファに座る先生を「先生！　先生！」と手招きして呼びつけ、お皿のチーズを差し出した。

とろりとしたハチミツの甘さ、酸味の利いたブラックベリーのジャム。そして口の中で溶けるようなチーズ。先生の反応は如何《いか》に。

「……」

（ですよねえ）

表情を見れば分かる。これはかなり得点が高い。

「手土産《てみやげ》にしても大丈夫でしょうか」

先生は頷いた。

そう、これは本日招待されているお茶会へ持っていくもの。失敗したら別のものにするつもりだったけれど、上々の出来になった。持っていくのが惜しいくらいに。

誘ってくれたのはバーレイさん。冬の間エレーナさんが頑張って彼を励まし続けた甲斐《かい》あって、暖かくなった頃、バーレイさんはやっと家から出られるようになった。

そんな彼らは近頃、私やジュノさん、コルテスさん以外の街の人もお茶会に呼び始めた。バーレイさんの作るスイーツは瞬く間に評判になり、お金を出すから作ってほしいという人まで出てきたそう。

彼らが街に馴染《なじ》み始めて私はとても嬉《うれ》しかったけれど、スイーツ発注の件については少々思うところがある。最初の発注者だったリリアさんが「頼めなくなっちゃった」と落ち込んでいたのだ。先日街で会ったときにしょんぼりと話していた。

バーレイさんは口では「気にしないから頼んでくれていい」と言っているようだが、街でリリアさんと会うとたまに涙目になるらしいので、リリアさんの方が気にして「とても頼めない」とのこと。時間を置いてみる、と残念そうに笑う彼女は、少し寂しそうだった。

さて今回、私は久し振りのご招待なので、「行きたい」と先生にはっきり意思表示をした。先生からは「どうぞ」と落ち着いた返事。決して自分も行くとは言わなかった。

その代わり、「私は君と日々嗜《たしな》んでいるからな」と勝ち誇った様子だったので、私も気兼ねなく出かけられる。あの瞬間を思い出す度に笑ってしまうのがこの二、三日の小さな悩みだ。

「こんにちはー」
「ん」

約束の時間になってお宅を訪ねるとムスッとしているバーレイさんが出てきた。ムスッとしているのは彼の挨拶である。リリアさんには涙目でも、私にはこのような態度が取れるくらいには回復したと見た。

「ルシルさん、いらっしゃい」
「こんにちは」

エレーナさんにひそひそと「バーレイさん元気になりましたか」と聞けば、苦笑いが返ってきた。

「毎日励ますのが大変でした。ずっと前向きなことを言い続けるのは私の性には合わないわね」
「はは……」
「あの子も失礼なことに、『ばあちゃんがそんなこと言うなんて』って何度も言うのよ」

バーレイさんからすれば、エレーナさんは今まで人付き合いを否定してきた側の人。言うことがガラリと変われば驚くだろう。

「私も必死なのよ。あの子がコートデューで人々と生きていくことを望んだときから、今までの生き方を変えなくてはならなくなって。若くないから慣れるのに時間がかかります」

笑いながらそう言うが、必死に見えないのが凄《すご》いところだ。

「何二人でこそこそやってんの」

お茶のセットを持つバーレイさんに睨《にら》まれる。私は「何でもありませんよ」と誤魔化しながら席に着いた。バーレイさんのプディングに対抗し、私も手土産をテーブルに並べた。

「げ。何これ。うま」

「バーレイ。もっときちんと話しなさい」

エレーナさんの苦言はどこ吹く風。バーレイさんは私の持ってきたチーズや添え物をまた口に含むと「何だこれ」と悔しそうに唸《うな》った。エレーナさんは呆《あき》れ顔《がお》で小さく息を吐く。

「全部ルシルが作ったの？」

「はい」

「チッ」と微《かす》かな舌打ちが聞こえた。エレーナさんが強めに「バーレイ」と呼ぶ。負けん気の強さは変わらない。私は二人の様子を眺めながらふと、「そういえば」と話を切り出した。

「夜に光るお花ってご存じです？」

「ええ、知っているわ」

「ああ、アレ」

試しに質問してみたら二人からは「当然知っている」という反応。流石、各地を回っていただけのことはある。

「それが？　どうなさったの？」

私は照れを隠すために膝に視線を落とした。実は。

「あのその、今度見に連れていっていただくので……お二人はご存じかなあと」

「あら！」とエレーナさんが声を弾ませる。

「あの辺は天然の宝石の採れる山が近くにありますからね」

(違う)

目的が違う。発想が完全にトレジャーハンターだ。私は頭を横に振り、「いいえ」と伝える。するとエレーナさんだけでなく、バーレイさんもキョトンとした。バーレイさんも同じことを連想していたらしい。

「お花そのものを見に行くのです」

「嫌だわ、私ったら。直《す》ぐ頭が宝探しに行ってしまって。あなたもフィリスさんもそういう方ではないのに」

私や先生でなくても「宝探しですか？」とはなりにくい。言及しようかどうか迷ったが、今は控えておいた。

「でも、そう。いいわね。お二人で旅行ってことね」

「……はい」

こそばゆくて頬を掻《か》く。そう、私は先生と近々旅行に行くのだ。先生の提出資料の中にあった夜に光る花。せっかくどこかに行こうと言ってもらったので、それが見てみたいとお願いし、花咲く季節を待っていた。

「いついらっしゃるの？」

「来週です」

「そう。確かに見頃ね。よく知っていらっしゃるわ」

「えへへ」とにやにやしていると、横からバーレイさんが深刻そうに「大丈夫か」と訊いてくる。

「へ」

何が、と言う前に彼から発せられたのは。

「あそこ、野宿だぞ。しかも夜はすげー冷える」

「……あら」

それは初耳だった。私の表情からスッと笑みが消える。

「フィリスさんのことですから大丈夫でしょうよ」

エレーナさんがフォローを入れてくれたが、先生からは少しもそんなこと聞いていない。私は今まで、かなり気楽に構えていた。「花が光るなんて、凄く素敵、見てみたい」と、そんな感じだったのである。

過酷な現場なのかどうか、確認を取りたい気持ちが収まらない。家に帰った私は、すかさず先生に話の詳細を聞くことにした。

「言うなれば野宿」

「……！」

あっさりと返ってきた「野宿」の一言に目を剝《む》く。言うなればって何だろう。私は一瞬怯《ひる》んでしまった。

「噂《うわさ》ではとても寒いとか……？」

「空気が澄んでよく見える」

（メリットだった）

先生は紅茶を飲みながら、そしてチーズの残りにフルーツの砂糖漬けを突っ込みながら淡々と言った。私の居ぬ間に新たな食べ方を編み出している。

大丈夫だろうかと震える私を見て、先生は「何故《なぜ》不安なんだ」とばかりに首を傾けた。

「さして案じることはない。言う必要もなかった」

（出た）

先生が「大丈夫」と判断したことはあまり外部には公開されない。大丈夫だとしても情報の共有はときには必要なのだ。私は神妙に「持っていくものは」と尋ねた。

「寝袋。毛布。鍋。皿」

小旅行ではなさそうな匂いがしてきた。どちらかと言うと冒険の気配すらする。そもそも旅行だって碌《ろく》にしたことがないのに。いきなりそんなレベルの高いところへ行くのが心配でならない。いくら実家が遠く、大変な田舎《いなか》でも、そこに帰省するのとはちょっと違う。「お花を見に行く」とルンルンしていた私が膝を突いた。

「ルシル」

「はい」

呼ばれていつの間にか俯《うつむ》いていた顔をもたげる。

「君に不便をかけるつもりは毛頭ない。君は鞄《かばん》に菓子でも詰め込んでいればいい」

「…………ぐ」

旅行のためにお菓子をたくさん用意していることがバレている。しかも、不便をかけないつもり、だなんて。それは私がいつも思っていることだ。

「で、でも私寝袋なんて持って」

「ある」

(ある)

「寝袋も、毛布も、外で使用する鍋も食器も既に整えてある」

あんぐりする私を一瞥《いちべつ》すると、先生は「だから大丈夫」と頬杖《ほおづえ》を突いた。

「そんなこともできず、どうして君を連れていく約束ができよう」

呆れさえも窺《うかが》える表情を浮かべる先生。そうだ、先生は実は何でもできるのだ。

（失礼しました……）

狼狽《うろた》えてしまった自分が恥ずかしくなる。ここまで言い切られては、もう何も言うことはない。

「……私は、楽しみにしていればよろしいのですね」

「そう」

いつもの肯定のお返事。安心して笑うしかない。私は頬を緩め、先生の食べているものに手を伸ばした。


チュンチュンと早起きの鳥たちが挨拶を交わす。爽やかで涼しい空気が辺りを包んでいる。

いよいよ出発の朝。朝といっても空はまだ薄暗い。私と先生はそんな時間に家を出ようとしていた。ずしっと重い鞄を持って玄関に集合する。想定通り、荷物は結構な量になった。

「戸締まりはしました。コルテスさんにも出かけると伝えてあります。寝袋はこっち。お菓子はこっち」

出発前の指差し確認。びし、びし、と荷物を指していると、不意に先生が「今日は指に着けたのか」と発した。

「………………」

私はピタリと動きを止め、小さく「はい」と答えた。

先生の視線は私の左手の薬指に注がれていた。実はいつも指に着けていないため、少々気恥ずかしい。勿論普段から着けたいのは山々なのだが、水仕事、土仕事をするときに傷が付く、或《あ》いは紛失することを恐れ、平時は鎖に通して首に掛けている。

しかし今日はお出かけなのでそんな必要はない。指輪は指輪たるべく、指へと収まった。なるべく自然を装い、着けていることを意識しないようにしていたのに、もう気が付かれてしまった。

「……たまに指にあるとドキドキします」

「じき慣れる」

先生は慣れたのだろうか。私の差し上げたその、お揃《そろ》いの指輪に。何でもなく言われた一言が、やけに胸をくすぐった。

「同じものが増えていく」

「はい」

確認するように先生が言う。私は自信満々に頷いた。

ゴトンゴトンと汽車が揺れる。黒い煙が空に筋を作っている。車両には私たちだけ。

コートデューから出発して汽車内で一泊した。先生と私の実家に帰ったときに一度経験している分、勝手が分かっており、車中泊は大変快適に過ごすことができた。食堂車で摂《と》ったごはんに郷土料理が出てきて、テンションが上がったのは言うまでもない。はしゃぐ私を先生が静かに眺めていた。

乗り換えはこれで二回目。先程乗り継いだ駅は閑散としていた。大きな荷物を搬入していると、駅員さんが駆けてきて手伝ってくれた。のどかなところだった。今汽車が通っているのは地名さえも知らない土地。

ここにはもう、私が知っているのは先生しか居ない。

先生は窓枠に肘をかけ、頬杖を突いている。何を思うのか、流れていく外の景色をジッと見つめる。少し開いた窓から風が入り込み、先生の髪がそよぐ。

温かい風に乗って届くのは草や花の香り。汽車は平らな草原を走っており、一面は新緑に覆われていた。遠くに黄色い花畑が点々と見える。差し込む光は柔らかく、ぼうっと車内の窓辺が光っている。

光を受けてちらちらと輝くのは先生の薬指。時折光の加減で、白く溶けてしまう金の輪。私は心を奪われたように、その一点を見つめていた。

私の視線に気が付いたのか、先生の目がこちらを向く。私は不思議と急に嬉しくなって、口を両手で覆い「いいえ」と笑った。先生はフッと鼻先で笑みを零すと、頬杖を突いたまま流し目をこちらに寄越《よこ》した。

「着いた」

「おお……」

原っぱにぽつんとある駅で、私たちは汽車を降りた。ここに駅があることすら奇跡、と思うような場所だった。もはや駅員も居なかった。

（よいしょ、よいしょ、よいしょ）

私たちはひたすら草原を歩いた。成程これはどう見ても野宿だと納得せざるを得ない大自然の中。道という道もないようなところを、先生について突き進んだ。辺りを低い山や丘が囲む、開けたところに到着すると、先生は「ここだ」と一言発した。方角と場所を知らなければ、絶対に辿《たど》り着《つ》けなかっただろう。体力に自信のある私でも疲れた。景色が綺麗だから頑張れた。

日は少し陰ったところで、草原の鮮やかな緑がキラキラと輝いている。さわさわと風にくすぐられる草の音が爽やかだ。私はしゃがみ、花はないかと探した。

「夜にならねば花弁は開かない」と後ろから声がかかる。振り返れば、先生が早速野営の準備をしていた。せめて花の蕾《つぼみ》でもと思ったけれど、私もお手伝いをしなくては。

「そちらを持って」

「はい」

「火を起こす」

「はい」

シートを敷き、寝袋を用意し。火の準備や食事の支度は、見る見る内に整った。空の下で小さな鍋を火にかけ、スープを作った。パンをナイフで切り分け、上にチーズやサラミを載せて食べた。先生は慣れたもので、食後の紅茶までしっかり用意されていた。私に何ら不都合はない。与えられるものを受け取っていたら食事が終わっていた。

私の生まれ育ったところも大変な田舎だが、こういう経験は殆《ほとん》どしたことがない。寝起きはいつも屋根のあるところだった。

今居るところには屋根は勿論、四方に壁もない。時折風が吹けば炎が揺れ、辺りの物が飛ばないかを気にした。

背中に何もない、というのが少し心許《こころもと》ない。解放的な自然の中に居ると、その大きさ、広さが畏れ多く感じられる。空を見上げても、視界を阻むものはなく、どこまでも続いている。パチパチと焚火《たきび》の音が聞こえる。

夕暮れはもう直ぐ終わりで、橙《だいだい》から紫へと周りの様相は変わっていった。火を眺めていると、吸い込まれそうな感覚に襲われる。

「ルシル」

先生が私を呼ぶ。「はい」と顔を上げれば、先生の向こうに光る群れを見た。私は思わず立ち上がる。待っていた、そのときが来たのだ。

「わあ……」

不思議で幻想的な光景だった。柔らかで白い光が、ぼんやりと地面に続いている。花は既に光り始めていた。

「夜が来る。よりよく見えよう」

肩に厚手のブランケットが掛けられた。先生は先を歩き、光の中に迎えられていく。ついていってよいものか、あまりに神秘的で躊躇《ためら》われてしまう。そんな私に先生が手を差し伸べた。

「気を取られては転ぶ」

「……」

先生に手を引かれながら、私も光の中へと入っていく。違う世界に来てしまったのではないかと錯覚しそうになる。

空は次第に暗くなり、星が瞬き始める。空の輝きと、地上の輝き。地面から続く闇、山の先は空と混ざり、境はなくなってしまう。

夜空を、宇宙を歩いているような。

(ぐるぐるする)

眩暈《めまい》がしそうだった。手が触れている温度が私を繋《つな》ぎ止《と》めている。ぎゅう、とその手に力を込めると前を向く先生が振り返る。

言葉にできず、ただ首を横に振った。群生する花の真ん中で、先生は立ち止まる。

「今しか咲かない。気に入っただろうか」

今度は縦に何度も首をブンブン振った。先生は「そうか」と低い声で応えた。

「好きなだけ眺めるといい。朝はしばらく来ないのだから」

私は小さく頷き、先生に頭を寄せ、花を見つめた。「寒くはないか」と案じる声が胸を叩《たた》く。山間は空気が冷たい。先生こそ寒くはないかと心配になる。私は地面に座り、先生に隣へ来るよう合図した。バサッと、ブランケットを先生にもかける。すっぽり包むには少々足りないが、身を寄せ合えば暖かい。

「……」

花が、星が、囁《ささや》くから。私たちの間に言葉はない。

夜明けはまだ先。いつまでも起きていられそうだと思った。


空が白み始めた。花はもう光らない。星も姿をくらました。時折ささやかな風が草原の表面を撫《な》で、朝露を乗せた葉が雫《しずく》を落とすまいと耐えるように揺れる。

「すう……」

ルシルが寝袋で丸くなる。流石に耐えがたい程空気が冷たくなり、昨夜はやむなく寝袋に収まった。毛布やブランケット、湯を溜《た》めた保温の利く容器で以て寒さを凌《しの》いだ。フィリスはうつ伏せから上体だけを起こし、隣のルシルを眺める。至って穏やかで、平和そのもの。憂いも陰りもない。

ただ見ている、という行為に没頭した。

君はどこに居ても君だが、一日として同じ君は居ない。

傍《そば》に居るルシルに覚えるのはひたすら心地のよい安寧である。しかしその一方で、忙《せわ》しなく彼女に瞠目《どうもく》する自身が居ることも自覚している。面白いこともあるものだ。

光る花を前にルシルは鮮やかな心の響きを奏で、瞳には光彩が次々と現れた。その姿が強烈にフィリスの視線を奪っていたことは、ルシルは露程も知らない。フィリスは自嘲した。フィリスがルシルに彼女のまだ見ぬ世界を見せたいと思うのは、自分がまだ見ぬルシルを見たいからなのかもしれない。

彼女だけではない。

ルシルを通して見た世界はフィリスにとって、まるで新たな場所に光が当たったかのように見えた。かつて目にしたことのある光景でも、何故か新鮮に映った。彩られていく。抵抗できぬ程の強い力で。

知らぬ街でも、海でも、君の望むところへ。君は、世界は。留《とど》まることなく美しくなるだろう。

「くふん」

ルシルが変なくしゃみをした。初めて聞く妙なものだった。

「ふっ」

フィリスはルシルの体に自身のブランケットをかけた。すると、薄《う》っすらと目を開けた彼女と目が合う。ルシルは数度眩《まぶ》しそうに瞬《まばた》きをし、微睡《まどろ》みを湛《たた》えたまま柔らかく微笑《ほほえ》んだ。

「おはようございます」

「……おはよう」

昨夜の光景がまだ瞳に残っているかのような、ほのかな光を見た。


「えっ。他にも光る花があるんですか」

爽やかな風が雲を運ぶ朝。流石に空気はまだ冷たく、寝袋から這《は》い出《で》た後、先生が淹《い》れてくれた熱々のコーヒーを飲みながら私は驚きの声を上げた。筆舌に尽くしがたい昨夜の情景を思い出してしみじみとしていたら、先生が「まだある」と言い出したのである。

「北と東に。光るものを好むのであればキノコの方が多い」

「キノコ」

意外と世の中には光るものが多いらしい。私は「ううん」と唸った。

「虫にもいる。深海にもそのような魚が住んでいる」

どんどん対象が広がってきた。この調子だとまだまだ出てきそうである。とてもありがたいけれど、見るものは全て光らなくても構わない。今回だって、先生の纏《まと》めた資料にあったからこそ気になったのだ。

（……だって、あまりそういうこと、触れる機会がなかったから）

先生の好きな景色。興味のあるもの。先生が今まで見てきたこと。直に知りたい。あなたがそれらをどう感じ、何を思うのか。

光るものの候補を探す先生に、「あの」と声をかけた。

「先生のお好きなところに行きたいです」

「……？」

何故そんなに不思議そうなのだろう。表情こそ、さして変化はないが、纏う雰囲気で「どうして」と聞こえる。それが分からない私は、まだ先生を深く理解できていないということなのだろう。或いは、「どうして」と思う先生が、私を。

「ふふ」

段々とおかしくなってきて、私は笑ってしまった。先生は益々《ますます》怪訝《けげん》な態度を深めた。

「知りたいのです。先生のことを」

「…………」

（……え？　何故に？）

珍しく先生が固まってしまった。あまりおかしなことを言っているつもりはない。同じ台詞《せりふ》を私も言われたことがある。言葉が足りなかっただろうか。

「ええと。つまりですね。今回も私がこちらに来たかったのは」

「……、いい」

「え」

「理解した。結構」

「いや……」

いや。突然ここで目を逸《そ》らされても。私はコーヒーの入っているブリキ製のカップを地面に置いた。手を草地に突いて先生の方へ身を乗り出す。が、先生は違う方を向いたまま。頑《かたく》なに私と目を合わせないという強い意志を感じた。

（ど――どうしてここで恥ずかしがっているのですか）

せっかく追加で語ろうかと思ったのに、すげなく断られてしまったのはまだ良しとしよう。しかし先の会話のどこにここまで感情を殺す要素があっただろうか。

「先生」

「…………」

（応答すら）

「……」

（えい）

痺れを切らした私は、意を決して大胆にも、頑なな先生の懐へと飛び込んだ。膝を山にして座り、そこへ肘を置いて口元を隠す先生の腕の下へガバッと入った。

「…………」

そのまま左耳を先生の胸部へと寄せる。トク、トクと脈打つ音が聞こえた。

（よし。脈に乱れは……なし！）

内心「くう」と悔しがる。今なら、少しくらいはドキドキしているかと期待したのだが。正常なリズムである。

それならば。目は合わせてくれずとも、どんなお顔かしらと抱き着いたまま顔を上げれば、先生の目とバチッと合った。が、直ぐにまた逸らされた。ここまでくれば若干心配になる。

「……妙なことを言ってしまったでしょうか」

意味が曲がりに曲がって「何て破廉恥な」などと思われていても困る。

「いや」

答えは打って響くように返ってきた。先生を見上げたまましばらく待つと、先生はやがて観念したかのように俯き、私を見る。そして。

――どさ。そのまま後ろへ倒れた。

「わ」

先生を捕獲していた私も一緒についていく。柔らかい草が私たちを受け止めた。今度は私が先生を見下ろす番だった。

「先生？」

もう一度呼ぶ。すると先生はやっと私を真《ま》っ直《す》ぐ見た。

「君を鏡として己を見た」

先生の指が私の額にかかる髪を除《よ》ける。

「知らんと欲すれば、変わり移ろう。そうして、染め上げられる果てはあるのだろうか」

紫色の瞳に吸い込まれそうになる。それでいて私の内側へと入り込み、全てを見透かされるかと恐ろしささえ抱かせる、強い色。

あなたを知って、私が変わって。私を知って、あなたが変わって。その繰り返しに果てはなく、どちらかが片方だけ、ということもきっとない。

（どうぞ）

私は差し出すように先生に目を近付ける。その視線がいくら鋭くても、幾度交わっても。私も、きっとあなたも。お互いの想《おも》いの底までは、深くて見えやしないのだろう。

自然の一部となった私たちもろとも、朝日は一帯を照らし、風は辺りを撫でる。ゆっくりと離した唇が外気に触れた。私たちの隙間を芳《かぐわ》しい草の匂いが通り過ぎる。どちらともなく微笑みが浮かぶ。

つま先が触れ、鼻先が触れ、胸を合わせても、近付きたい気持ちは止まらない。甘く、苦しい切なさに心を繋がれていればいい。

それでいいのだ。飽きずあなたを想うのだ。足りることは到底ない。あなたが見せる美しさは止めどなく世界を変えていく。きらきらと、鮮やかに私を惹《ひ》きつけながら。

エピローグ

　ふわりふわり。ポカポカに晴れた気持ちの良い日。空に人影が浮かぶ。影は揺れながら、しかし方向は変えずにあるところへ確実に向かっていた。

　トッ、と足音を立てて庭へ着地すると、サラリとした金の髪が弾む。日の光を透かし、煌《きら》めく髪が深い森の中でピカ、と光った。

　影の主——イーダは足取り軽く、機嫌良く庭の先へ立つ家へと駆けた。が、違和感を覚える。静かだ。ここは大抵静かな家だけれど、一層。何の物音も、気配もしない。

「ま、まさか！　また僕に断りもなく！」

　せっかく来たのに、と言いながら玄関のドアではなくガラス戸へバン、と張り付いた。カーテンが邪魔で中が見えない。

「くっ！　開かない！　やられた！」

「留守か！」とイーダは拳を握って仁王立つ。庭へせり出すバルコニーを悔しそうに見上げ、不在の家主に「もう～！　フィリス師～！」と叫んだ。

　そのとき、別の足音が森のトンネルの方から近付いてきた。イーダは足音の方を振り向くと、ムスッとして不遜に新たな来訪者へ告げた。

「ここのお宅なら留守だよ」

来訪者は人のいい笑顔を浮かべ、「存じています」と頷《うなず》いた。イーダは相手の顔を見て「あれ」と目を瞬いた。

「君。前にここん家《ち》で会ったね。何だっけ、商工会？　ってとこの子？」

「はい。覚えていますよ、イーダさんですよね。コルテスです」

「ああ、そう！　コルテス君！」

イーダは記憶を引っ張り出した。遊びに来ていたときに、仕事だと言って訪ねてきたコルテス。フィリスから邪険にされず、ルシルとも仲が良い。しかし二人と一番親しいのは自分だと自負しているので、出入りを「許してやっている」ことにしている。

「ルシルさんと先生は今ご旅行中です」

「りょ、旅行⁉　あのフィリス師が⁉　ただの旅行⁉」

朗らかに衝撃的なことを言ってきたコルテスに、イーダは目を剝《む》いた。「仲がよろしいですよねえ」などと呑気《のんき》なことを言っている目の前の青年。イーダは「これだから若輩者は！」と呆《あき》れた。イーダからすれば、フィリスが研究目的でなくただの旅行に出かけるなんて、と驚かないのはモグリだ。

コルテスはイーダの動揺には気が付かず、「ルシルさんがご一緒だと、先生はお出かけも苦ではないのでしょうねえ」と笑う。イーダはその言葉に「う」と呻き声《うめごえ》を漏らした。

「そ、そんなの知ってるよ！　彼女の実家にだって先生はついていったんだからね！」

「あれも驚きましたねえ」

知っていた。イーダは「ううう」と唸《うな》る。コルテスはようやくイーダの態度を変だと思い、「どうされましたか」と尋ねた。プライド的に正直に答える訳にはいかないイーダは「ふん」と言って平気な振りをした。

「君は二人が居ないと知っているのにどうして訪ねてきたのさ」

「俺はですね」

コルテスは話しながら家の屋根を見上げた。イーダも倣って首をグイッともたげる。

「昨日この辺りは風が強くて。嵐とまでは言いませんが。一応先生のお家の無事を確認しに来ました。屋根に何かあれば大変ですから」

「……誰かに頼まれたの？」

「いいえ？」

コルテスの笑顔が、陽《ひ》を浴びて輝く。イーダは強気にしているのが何だか馬鹿馬鹿しくなった。

「どうやら問題ないようですね。良かった。では俺はこれで」

「あ、待ってよ。僕もそっちに行くんだ。バーレイ君のところに行かなくちゃ」

「あれ、お知り合いですか？」

「そうだよ」

イーダはコルテスの隣に並ぶと、街までの道を共にする。二人は森のトンネルの中を歩いた。木々の隙間から日の光が見え隠れしている。

「バーレイ君とはルシルちゃん繋《つな》がりで知り合ったんだ。君は？」

「俺はルシルさんへバーレイさんを紹介した身ですね」

言いながら苦笑いを浮かべたコルテスを不審に思い、イーダは「どうしたの」と追及した。コルテスは「いやあ」と口籠もりながら事情を語る。

「本当に、彼女をあのお宅へご紹介するのは気が引けたんですよ」

「どうして？」

「お手伝いに行ってください、というお願いでしたから。先生から彼女をお借りすることになるでしょう」

イーダは首を傾《かし》げた。自分だってよくルシルと遊んでいる。それが何だというのだろうか。そのまま伝えると、コルテスは「俺もよくお喋《しゃべ》りしてるんですけどね」と困りながらうなじを掻《か》く。

「あくまで『お願い』という形でしたから。先生から引き離す機会を作ってしまったのが申し訳なくて。ルシルさんにお伝えしてもピンときていなかったので、俺の気にし過ぎなのかもしれませんが」

「……分かる」

「え？」

コルテスが訊《き》き返すと、イーダにガシリと肩を摑《つか》まれた。ギョッとして身を固くする。しかしイーダは構わず喋り続けた。

「分かる～！　ルシルちゃんて、フィリス師のこと好きだ好きだと言う割にはさ～！　ちょっとアレなとこあるんだよ～！」

「あ、アレなところ……？」

「聞いてよ！　僕が泊まるのにね、ソファでいいって言ってるのに気を回して自分のベッドを使ったらどうだとか言うんだよ⁉　あのとき僕がどんな顔でフィリス師に見られたか知らないんだよ⁉　どうして僕があんな風に睨《にら》まれないといけないのさ！」

「……そ、それはアレですね……」

コルテスはその場を想像し、口元を手で覆った。

「そんなことする訳ないじゃん～～！」

コルテスはイーダに力いっぱい揺さぶられ、舌を噛《か》みそうになりながら相槌《あいづち》を打つ。心の底から
「それは気の毒だ」と思った。もしも自分だったら震え上がってしまうだろう。

「でもさ。別に。そういうフィリス師も、ルシルちゃんも嫌いじゃないんだけどね。フィリス師、アレでもすごー―く柔らかくなったし」

イーダはコルテスの肩から手を離した。ふいと明後日《あさって》の方を向いて「やれやれ」とため息を吐《つ》くと、隣から笑みを含んだ息が漏れた。目だけを向けると、コルテスが笑っている。

「俺も。お二人が好きです」

「……君、話が分かるね」

「ありがとうございます」

「僕が居ない間、よろしくね」

イーダはそう言って再び歩き出し、その後ろをコルテスが笑いながら続く。

白い家は変わらず佇《たたず》み、森は二人の会話を包む。その内森を抜ける二人を、街は花の香りで待ち受けた。空高く鳥は旋回し、猫は路地裏で寝転ぶ。コートデューの駅へ汽車が汽笛を鳴らして到着した。

EINEN KOYOU
HA
KANOU DESYOUKA

〔番外編〕トルテの手紙

ルシルちゃん、どうしてるかな。三日に一度は思う。ふとした瞬間に思う。先日、久し振りに会えた嬉《うれ》しさがトルテの中でまだ駆け巡っている。

ずっと一緒に居ると言って帰っていった二人。雇用関係から想《おも》い合う仲になっていた彼ら。そう、自分に何の断りもなく。

一体どうしているのやら。喧嘩《けんか》はしていないか、ちゃんと仲良く暮らしているのか。自分が幸せな瞬間は特に向こうのことが頭を過《よぎ》る。トルテは一人で家の前の原っぱに腰を下ろしていた。

「んあ――」

「どうしたのトルテ」

空を見上げて口を開けていたトルテの頭上から、肝の据わった長女のジーナが洗濯物を抱えて声をかけた。

「そんなことしてると口に虫が入るわよ」

「……入らないもん」

トルテは口を尖《とが》らせて姉を見た。ジーナから「干すの手伝って頂戴」と言われ、「はあい」と立ち上がる。大家族の洗濯は日に五回行われる。暖かい季節に加え、農作業ができるようになったから、汚れ物は毎日山積みだ。

畑の方ではトルテの三つ子の兄たちや兄弟の配偶者たちが鍬《くわ》を振るっている。茂る作物の緑が濃い。ぎゃあぎゃあと煩《うるさ》い声があんなに離れているのに聞こえてくる。彼らはいつも何かにつけて騒がしくしていないと生きていけない生き物なのだ。

「お兄ちゃんたちも、コランを見習ってほしいよ」

トルテは木綿のシャツをはたいて、皺《しわ》を伸ばしながら肩を竦《すく》めた。トルテと結婚したての、初々しいパートナー。それがコラン。ひと悶着《もんちゃく》あり、大富豪の実家を出てオニバス家の一員となった。力仕事よりも専ら頭脳派で、種まきと収穫時以外は畑に出ることを免除され、普段は家族の資産運用という大事な仕事を任されている。

コランはトルテのことが大好きで、いつもにこやかで大人しい。トルテはコランがよく自分たちの家で上手《うま》くやっていけるなと感心していた。

先のトルテの言葉を聞き、ジーナは「そりゃ無理よ」と簡単に否定する。

「人間は、特にもうあんなに大きくなっちゃうとね、本人が相当頑張らないと変わらないのよ。諦めなさい」

「……そこまで本気で言ったんじゃないよ。冗談なのに」

「あんたはどっちか分かりにくいの。それも早く直しなさい。ルシルが心配するわよ」

ジーナの言葉はいつもトルテの痛いところを的確に突く。トルテは小さく「分かってるもん」と呟《つぶや》いた。トルテからすれば、自分だってルシルの心配をしているのに、と主張したい。

「ルシルちゃん、どうしてるかな」

「元気にしてるでしょ。先生と一緒なんだから大丈夫よ」

「そういうことじゃなくて〜〜！」

さっぱりした姉は話にならない。トルテは残ったタオルやシャツを干し終わると「終わり！」と言ってキッチンへ逃げ込んだ。ふう、と息を吐くと「どうした」と声をかけられる。ドアの先に居たのは長兄と次兄だった。兄たちは丁度作業を終えて小腹を満たしに来たらしい。長男のノエルはトルテに「お前も何か食うか」と尋ねた。

「んーん。仕事しに来たの」

「そうか。今日はお前の当番か。トルテ、いいか。色んなものにパセリをうんと入れてくれ。俺は世にもっとパセリの魅力を広めたい。そのためには自分がまず色んな食し方を」

猛烈に次男が喋《しゃべ》りかけてくるのを適当にあしらいながら、トルテは鍋に水を入れた。全ての料理にパセリを入れられる訳がないだろうと内心呆《あき》れた。これだから次男は下からちょっと舐《な》められがちなのだ。頭が良いのは分かっているが、極端なのである。

「お、ニコラ。ほら朝食の残りのパンがある。やったぞ」

「こっちにはパテがあった。完璧だ」

二人が勝手場を物色し、目ぼしいものを見つけては持っていく。少し前までだったらそんなことは許されなかっただろう。窓の外を見れば見慣れた風景が広がっている。作物は順調に育ち、先の暮らしの安泰を予感させる。

この光景を取り戻してくれたのが、突然現れたルシルの大事な人。初めは怖かったけれど、彼がルシルを大切にすると言ったのを、固く信じている。そうでなければ、とてもルシルを任せられない。

「……ルシルちゃんたち、どうしてるかなあ」

鍋をかき混ぜながら殆《ほとん》ど無意識に、トルテが呟いた言葉を兄たちが拾った。

「何だ。手紙でも書けばいいじゃないか」

「何もないのに？」

これまでは家でイベントがあったときや、兄弟の実家への出入りがあったときに手紙を書いていたのだ。残念ながら今は特別ネタがない。トルテは残念そうに視線を落とした。

「——トルテ！」

長兄のノエルが大きな声で呼ぶ。トルテはびくりとして顔を上げた。

「な……何……？」

「お前なあ、そういうとこだぞ！」

ノエルに続き、次男のニコラが「そうだそうだ」と眼鏡《めがね》を押し上げた。

「用がなくてもいいんだ。お前の近況が書いてあれば十分なんだよ」

「ルシルもお前がどうしてるか知りたいだろう」

パンにパテを塗ったものを口に放り込みながらそう言う兄たちの顔は真面目だった。さも当然、という彼らの表情を見て、トルテは小さく反省する。先程、ジーナにも言われたところだった。

「……分かった」

トルテが素直に頷《うなず》いた。二人の上の兄たちは最後のパンの欠片《かけら》を食べ終わるとさっさと食堂を出ていく。トルテはずっと見てきた彼らの背中が、いつも優しく頼もしかったことを思い出した。


「コランー」

勝手場での仕事を終えたトルテが自分とコランの部屋に戻ると、コランは「やあ」と机から顔を上げて頬を緩ませた。机の上には書類やノートが広がっている。それらには数字がたくさん書き込まれているが、トルテにはちんぷんかんぷんである。

「どうしたのトルテ。僕に用？」

「ごめんね、違うの」

「違うのかー」

コランはおどけたようにガッカリして笑った。トルテも釣られて笑顔になる。

「ルシルちゃんにお手紙を書こうと思って」

「お姉さんに？」

トルテは紙とペンを机に置くと、コランの向かいに座った。コランは仕事の手を止めてトルテの方へ身を乗り出す。

「何を書こうかなー……」

「書くことは決まっていないの？」

「あー」

コランはトルテに「口が開いているよ」と笑いながら注意した。トルテは恥ずかしくなってパッと口を閉じた。

「ルシルちゃんがどうしてるか気になるから、訊《き》いてみようと思うんだけど。『どうしてる？』だけじゃおかしいでしょ。だから近況を書くの」

「うん、成程」

「じゃあ書くからね」

「うん」

トルテはペンを手に、うんうんと唸《うな》りながら何とか一時間かけて自分の身の回りのことを一枚の紙に纏《まと》めた。家族のことの報告であればいつもスラスラ書けるのに、今回はとても難しかった。ただ近況を書くだけが、どうして心の内を打ち明ける程の精神力を使わなくてはならないのか、トルテは自分で自分の性質を責めた。

「書けた？」

トルテが唸っている時間、ずっと静かにしていたコランが声をかける。トルテは「うん」と言ってコランを眺めた。あまりにまじまじと見つめたので、コランが「どうしたの」とキョトンとする。

トルテは今自分が書き終えた手紙とコランを見比べ、「ああ」と漏らした。

「……近況って、全部コランとのことになっちゃった」

「え？」

コランの目が大きく見開かれる。

「コランとの部屋を作ったとか。一緒に種まきしたとか。ピクニックに行ったとか。思い付いたのって、そういうやつ」

「……！　……！」

赤くなって口を押さえ、わなわなと打ち震えているコランに、トルテは不審そうに「なあに」と尋ねた。

「私、今変なこと言った？」

「言ってないよ……！」

「ふうん？」

トルテは釈然としなかったが、手は止めずに手紙を封筒に差し込んだ。あとはこれに封をして、街のポストに入れるだけ。大仕事を終えた気分で机にべたりと倒れた。横向きにコランが見える。

コランは眉を下げて「今日は凄《すご》く見られるなあ」と頬を掻《か》いた。

「……」

コランとのことを書いたばかりだからか、こうして今一緒に居ることも無性に手紙に書きたくなった。トルテは身を起こすと、もう一度ペンを取り、新しい用紙を取り出した。コランは「書き終えたばかりなのに」と目を瞬かせる。

「もっと書くの？」

「うん。あ、あのね……コランと居ると、書きたいことがたくさんできるね」

「……え……！」

トルテが頬を染めてひそひそと囁《ささや》く。コランは堪《たま》らずに「君って子は！」とワッと突っ伏して泣き出した。トルテは笑いながら手紙に向かう。

「えへへ」

この楽しさが遠くのルシルに届きますように。手紙を読んだルシルの反応を思い浮かべ、トルテはにんまりとして筆を滑らせた。

MFブックス

永年雇用は可能でしょうか ～無愛想無口な魔法使いと始める再就職ライフ～ 3

2023年7月25日　初版第一刷発行

著者　yokuu
発行者　山下直久
発行　株式会社KADOKAWA
〒102-8177　東京都千代田区富士見2-13-3
0570-002-301(ナビダイヤル)
印刷・製本　株式会社広済堂ネクスト

ISBN 978-4-04-682652-7 C0093

担当編集　永井由布子
ブックデザイン　おおの蛍(ムシカゴグラフィクス)
デザインフォーマット　ragtime
イラスト　鳥羽　雨

呪われた龍にくちづけを
綾束 乙
イラスト：春が野かおる
義父が作った借金返済のため奉公に出た明珠《めいじゅ》は、その屋敷で暮らす三人――目を瞠《みは》るほどの美少年の英翔《えいしょう》と、従者の青年、季白《きはく》と張宇《ちょうう》に出会い、彼らに仕えることに。個性豊かな三人に囲まれたにぎやかな日々の裏では、彼らの隠すある秘密を巡り不穏な気配が渦巻き――!?
仕える主は"呪い"を抱えた美少年!?
秘密だらけな
中華風ファンタジー！
MFブックス新シリーズ発売中!!
MFブックス

ある時は村人、探索者、暗殺者……
その正体は転生勇者!?
隠れ転生勇者
～チートスキルと勇者ジョブを隠して第二の人生を楽しんでやる!～
なんじゃもんじゃ　イラスト:ゆーにっと
STORY
クラス召喚に巻き込まれた藤井雄二は、
自分だけ転生者トーイとして新しい人生を手に入れる。
3つもチートスキルを持つ彼は、第二の人生を楽しもうとするが、
美女エルフのアンネリーセから規格外の力を知らされて!?
チートスキルと《転生勇者》のジョブを隠したいトーイ。
彼の楽しい異世界ライフが今ここにスタート!

ご縁がなかったということで！
～選ばれない私は異世界を旅する～
高杉なつる
Takasugi Naturu
イラスト：
喜ノ崎ユオ
ご縁がなくても、
私は異世界で
歩みを止めない
番《つがい》の運命の相手として異世界へ飛ばされた玲奈。
ところが、獣人が迎えに来るはずのお披露目会で、
彼女の番《つがい》だけが現れなかった。
己の恋に見切りをつけた玲奈は、
商会の通訳・翻訳担当として仕事をこなし、
いつか異世界をひとりで旅する日を望みながら生活を送るが、
何者かの思惑によりあらぬ疑いをかけられてしまい――。
運命に翻弄されつつも、
異世界を生き抜く玲奈の物語が幕を開ける！
MFブックス新シリーズ発売中!!
MFブックス

著
岡本剛也
イラスト：すみ兵
追放された名家の長男
～馬鹿にされたハズレスキルで最強へと昇り詰める～
【剣】の名家に生まれた長男は、【毒】で世界を制す!?
STORY
クリスは剣使いの名家の長男に生まれながら、適正職業が【農民】だと判り追放される。避難先の森は、まともな食料がなく絶望かと思いきや、職業【農民】に付随する《毒無効》スキルが特別な力を秘めていて——!?
自分だけが使える《毒無効《ハズレ》》スキルで、生き残るために最強へと成り上がる！

お金は最強《さいつよ》魔法です！
okane ha saitsuyomahou desu! SAITSUYO!
追放されても働きたくないから
数字のカラクリで遊んで暮らす
Rootport
イラスト：くろでこ
それでも俺は、
働かずに生きる
ことを諦めない！……で、どうしよう？
勇者パーティの一員として竜王を討伐したルーデンス。その帰りに立ち寄った街で、彼は賭け事を行い、見ず知らずの奴隷少女を助けるためにパーティの全財産を失ってしまう。
当然パーティは追放、お金もない。それでも彼は、働かずに生きることを諦めない！
知恵と口先でお金を稼ぎ、遊んで暮らすことを目指す！！
MFブックス新シリーズ発売中!!
MFブックス

MFブックス既刊